# 崖っぷち町役場

川崎草志



祥伝社文庫

目次

# 第一話　見えない古道

「行ってきます」

私はスクーターのキーを捻《ひね》った。

「はい、結衣《ゆい》ちゃん。気をつけて行ってきなはいや」

縁側で座っていたお祖母《ばあ》ちゃんが手を振ってくれた。

私は手を振り返しながら、古い家の門を出た。

私は、愛媛《えひめ》県の松山《まつやま》市にある高校を卒業してから親元を離れ、お祖母ちゃんが住む南予《なんよ》町《ちょう》の町役場に就職した。それから、この古い家にやっかいになっている。四月になれば二年目だ。松山の両親は心配して毎日電話をかけてくる。

でも、大丈夫！　元気で過ごしているよ。雨の日も晴れの日も休まずに、スクーターで役場に通っているんだから。

「こんにちは」

隣の家の前で道を掃《は》いていた小母《おば》さんに挨拶《あいさつ》した。

「そんな薄着で大丈夫？」

「大丈夫でーす」

私は、小母さんの脇を走り抜けながら答えた。

「行ってきなはい」

ミラーに手を振る小母さんの姿が見えた。

「行ってきまーす！」

私は背後の小母さんに軽く手を挙げた。

小母さんは薄着を心配してくれた。でも、もともと愛媛県の南部にある南予町の気候は一年を通じて温暖だし、三月に入ってからはずいぶん暖かい日が続いている。これから、もっとスクーターで走るのが気持ちのいい季節になる。今は、菜の花の季節だけど、すぐに桜が咲くはず。このあたりには桜が多い。川の土手はもちろん、桜の季節には山の中にも、農業用の貯水池の畔《ほとり》にも、学校の校庭にも一斉に咲く。

私は、ヒバリが囀《さえず》る麦畑の中の一本道をスクーターで走り抜けた。

南予町は三方を山に囲まれ、一方は海に面している。主な産業は、農業に林業に漁業……そして、公務員業。日本全国、どこでも見られるような小さな町だ。

私は麦畑の道から、町の商店街に入った。朝なので人通りはほとんどなく、店のシャッターはみんな閉まっている。

おもちゃ屋さんのシャッターに何か貼ってあるのに気がついた。

私は、スクーターをその前に寄せると、エンジンを止めた。

『長らくご愛顧《あいこ》いただきました当店は……』

この店も……。

私はため息をついた。

小学生の時、夏休みや冬休みになると、親戚はみんなお祖母ちゃんの家に集まった。私といとこたちは、お祖母ちゃんからもらったお小遣《こづか》いを握《にぎ》りしめて、このおもちゃ屋さんによく来ていた。

いとこのほとんどは、進学や就職で愛媛を出て東京や大阪に行った。そして、そのまま都会で結婚して子供を育てている。多分、愛媛にはもう戻ってこないのだろうなあ。

だからでもないけど、お店が潰《つぶ》れると、なんだか子供のころの楽しかった思い出も一緒に消えてしまうような寂《さび》しい気分になる。

おもちゃ屋さんだけじゃない。本屋さんは取り壊されて今は更地《さらち》になっている。

私はあらためて商店街を見た。閉まっているシャッターの三分の二は、昼になっても開くことはない。もう、どんどん商店街が寂れていく。

昔は、小さいながらも活気のある商店街だった。新春には餅《もち》つき大会、夏には七夕《たなばた》祭りや盆踊りが商店街主催で開かれていた。でも私が町役場に入った時には、どちらも行なわれなくなっていた。

そろそろ桜祭りの時期だけど、今年からこれも取りやめになるという噂《うわさ》だ。

南予町の町民の多くは、隣町の国道沿いに大型スーパーができたから困らない、むしろ昔は宇和島《うわじま》や八幡浜《やわたはま》に行かないと買えなかったものが手に入ると思っているようだけど、チェーンの大型スーパーは、町の桜祭りなんか開いてくれないと思う。

私は小さくため息をつくと、スクーターを再び発進させた。

もちろん商店街が寂れたのは大型スーパーのせいだけじゃない。もともと南予町は人口が減少し続けている。周辺の町村は、かなり前の『地方分権一括法』とかが起こしたブームの時に合併したけど、南予町は、借金まみれの財政が嫌われて、どことも合併ができなかったらしい。ちょっと前に、『消滅可能性都市』とかいう言葉が話題になったことがある。人口減少で存続できなくなる地域のことだ。南予町は、そのリストの最上位グループに属している。

「やれやれだなあ」

役場に入ることが決まった時、高校の友人は、「これで、一生、食いっぱぐれないよね」って、お祝いしてくれた。でも、大丈夫なのかな。お祖母ちゃんは赤飯炊いて喜んでくれたけど、ホント大丈夫なのかな……。せっかく入った役場が潰れちゃったりして……。

麦畑をスクーターで走っていた時の高揚感がすっかり消えていた。

私はもう一度ため息をつきながらハンドルを切り、町役場の駐輪場にすべりこんだ。

あれ？

駐輪場には、先輩の三崎紗菜《みさきさな》さんが立っている。私が町役場に入った時、紗菜さんはいろいろと親切に教えてくれた。しかも、優しいだけじゃない。町役場一番の美人とも言われている。

いや、絶対、南予町一番の美女だと思う。多分、愛媛県南部で一番かもしれない。ひょっとしたら愛媛県でも……。

紗菜さんが役場に入ってから、町の独身の男たちが、住民票だの印鑑証明だのをしょっちゅう取りにくるようになったらしい。紗菜さんは町長秘書だから、滅多《めった》に窓口の方には姿を見せないんだけどね。

駐輪場に立ってる紗菜さんは、制服に着替えている。誰かのお出迎えかな？

紗菜さんが、すっと私の傍《そば》に寄ってきた。

「結衣ちゃん、ちょっと言っておきたいの」

「えっ？　私ですか？」

私は慌《あわ》ててヘルメットを脱いだ。

「結衣ちゃん、今日から推進室に異動よね」

「はい。正式には新年度からですが、早く仕事に慣れた方がいいって、課長に言われましたので」

紗菜さんはなにかもじもじしている。

「どうかしたのですか」

「実はね」紗菜さんは、意を決したように口を開いた。「……またなの」

「またって、もしかして、また本倉《もとくら》町長が何か思いついちゃったんですか」

「そう」紗菜さんは、ため息をついた。「また、何か思いついちゃったようなの。そのうち推進室に話が行くと思う」

私もため息をついた。

あらら。異動早々ろくでもないよぉ。先輩とため息のデュエットをするなんて。

今度の町長は、私が町役場に入った時の町長とはずいぶん違っている。

前町長は、まじめに町の再興を図《はか》り、こつこつと無駄を削り、地道に産業を育てて、南予町の状況を改善しようとしていた。毎晩、自宅で夜遅くまで仕事をしておられたと聞いている。でも、ある晩、お茶を持っていった奥様が、机に俯《うつぶ》したまま動かなくなっている町長を見つけられた。心臓の発作《ほっさ》だったらしく、救急車が病院に搬送したときには、もうだめだったようだ。

今の町長の本倉さんは、東京の有名大学を出て企業に勤めていたけど、四十半ばでそこを辞め、町おこしを掲《かか》げて町長選に出馬した。選挙演説では、なんか、すごい派手なスーツを着ていたことを覚えている。そして、当選してからは公約通り、次々に派手な産業振興策を提案してくる。それはいいと思う。でも、本倉町長の提案は私から見ても、どうもピント外れなことばかり。確か、最初の提案は、『ゆるキャラで町おこし』とかだった。『町長自らデザインしたゆるキャラってキャッチで売ろう』ってご自分で考えたキャラは、全国の人気投票で底辺層のさらに底辺をさまよっている。

だけど、それで懲《こ》りる町長じゃなかった。それからも毎月のように新しい提案を町役場の各部署に持ち込んでいる。

本倉町長のことを陰で『ぼんくら町長』と呼び始めた職員は、町長の提案を、「前向きに検討します」とか、「法規によると困難です」とかの、公務員お得意の対処で流しているようだ。

私がこれまでいた庶務《しょむ》課の課長は、本倉町長の提案したゆるキャラのフィギュアを息子さんに作らせて、それを自分の机の上にこれみよがしに飾っている。本倉町長の接近を阻止する魔除けのお札代わりなんだそうだ。

「それで、本倉町長は『推進室』に目をつけたってことですか」

紗菜さんは、整った眉《まゆ》を寄せた。

「推進室って、決まった業務はないでしょ。それならって……」

迷惑な。

確かに、推進室を作った前町長が亡くなったから、推進っていっても、何を推進するのか、よく判っていないし、今は、特に定められた業務もないということで、私がいた庶務課の課長もイレギュラーに発生した面倒事を推進室に回したことがあるような。

「ひょっとして、推進室って窓際《まどぎわ》部署なんですか」

紗菜さんは、「そんなことはないよ」と大慌てで手を振った。

うわ。紗菜さんって、判りやすい。

推進室って、窓際部署なんだ。なんか、がっかり。

まあ、バリバリ仕事しようなんて思ってるわけじゃないからいいけどねえ。

「それで、私はどうすれば」

「気をつけてって……あの……一ツ木《ひとつぎ》さんに伝えて……」

そう言うと、紗菜さんは顔を真っ赤にした。

やっぱり、紗菜さんって、判りやすい。

一ツ木幸士《こうじ》さんというのは、推進室の人だけど、ちょっと変人という噂だ。紗菜さん、趣味悪いんじゃないかなぁ。

「一ツ木さんに伝えます」

「お願いね」

そう言うと、紗菜さんは役場に戻っていった。

紗菜さんがいなくなって、私はため息をついた。今日何度目のため息だろう。

私はヘルメットを手に役場に入った。

南予町の三階建ての役場は古いけど、大きい。戦後しばらくは、何もかも不足していた時代だったので、農林水産業のさかんな南予町は人口も多かったらしい。それで、分不相《ぶんふそう》応《おう》なほどの町役場を建てた。しかし、その後の世の中の流れは、南予町にとっても厳しいものになった。今の町役場には、ほとんど使われていない部屋がいくつもある。その一つに置かれたロッカーに私はヘルメットを入れた。そのまま元の部署に行き、私物その他をしまっておいた段ボール箱を抱えた。

パソコンをいじっていた課長が、「今日から推進室だね。がんばりなさい」と言った。がんばれといっても、多分、課長も何をがんばるのかよく判っていないんだと思う。それでも私は、「はい、がんばります」と元気に答えて部屋を出た。まあ、異動と言っても南予町役場には支所なんかもないから、階が変わるくらいだけど。

そうだ、課長の机の上に置いていたゆるキャラの魔除け……私も一つ作ってもらおうかなあ……なんて思いながら階段を上った。

「おはようございます」

私は、推進室のドアを少し開けると、小さな声で挨拶した。

例の一ツ木さんは、俯《うつむ》き、何かの本に熱中しているようだ。

私は、もう一度、「おはようございます」と声をかけた。

一ツ木さんは、顔を上げ、ちらりと私を見ると、何かぽつりと言った。

えっ？　なんか、『いちごけい』って聞こえたような気がしたけど、『イチゴ系』？　私って『苺系』？

どういう意味だろ。かわいいってことかな。少なくとも悪い意味じゃないよね。

一応、一ツ木さんは、背も高いし、イケメンと言えなくもない。でも、私はちょっと一ツ木さんが苦手だ。目が鋭《するど》すぎるし、何を考えているのか判らないようなところもある。前の町長がどこからか期限付きの嘱託《しょくたく》として連れてきたんだそうだけど、役場の噂では、一ツ木さんの履歴書《りれきしょ》には高校卒業後のことが何も書かれてなかったそうだ。一ツ木さんは、三十近いはずだ。十年近く何やっていたんだろう。もちろん履歴書は公開されているわけじゃないから、本当に単なる噂なのかもしれない。それにしても、この一ツ木さんを、あの紗菜さんがねぇ。

だけど、そんな人からでも、『苺系』って言われたら悪い気はしない。

私は開いたドアの隙間から段ボール箱を抱えて中に入った。

奥の席に座った北室長《きた》が、「そうきましたか」と、目の前に置いた将棋盤に駒を打ちながら、唸《うな》っている。

北室長、将棋やってるの？

将棋に熱中して私のことに気づいていないようだ。

北室長は、「同銀」と、将棋盤の駒を動かした。

一ツ木さんが本から顔も上げずに「それでは、『1四角《かく》』。あと四手で詰みです」と言った。

えっ？　二人で将棋しているの？　じゃあ、さっきのは、『苺系』じゃなくて、『1五桂《けい》』だったんだ。

なんか、いろいろ考えていた自分が恥ずかしくて、ちょっとむっとした。一ツ木さんが将棋盤も見ないで指していたっていうのは、すごいことかもしれないけど……。いや、全然すごくない。もう始業時刻過ぎてるよ！

「ああ、沢井《さわい》さん」やっと北室長が私に気づいてくれた。「さて、沢井さんの勤務は今日からでしたか」

北室長は、あと数年で定年を迎える、ちょっと小太りで、どこから見ても田舎《いなか》のおっさんだ。なんとなく狸《たぬき》に似ている。人を化《ば》かす狸じゃなくて、人から騙《だま》される方の狸。フルネームは、北耕太郎《こうたろう》。地元の高校を出てすぐにこの役場に入ったらしい。ずっと庶務畑だったが、前の町長が推進室を作った時に、室長に据《す》えられたということだ。お家は農家で、今は、どこかの工場勤めの息子さんと農業もやっているそうだ。いわゆる兼業農家ってわけ。小規模ながらも果物や野菜をいろいろと出荷していて、近所の〝道の駅〟では、けっこう良い評判を取っているらしい。

私はぺこりと頭を下げた。

「正式な異動は新年度からですけど、先に業務に慣れておけってことで」

「ああ、確かそんな話を誰かが言っていたような」

大丈夫かな、このおじさん……。

「これで、僕の四百三十七連勝ですね」

相変わらず本に目を落としながら、一ツ木さんが言った。

「そんなになるんですか」

「そんなになります」

一ツ木さんが頷《うなず》いた。

推進室ができてからたった一年で、そんなに将棋をやっていたんだ。

大丈夫なのかなぁ、この推進室……。人望のあった前町長が作ったから存続しているけど、町役場のホームページにもこの部署のことは出てないし。

「沢井さんは、一ツ木君の隣の机を使って下さい」

私は机の上に段ボールを置いた。

「それで、私は何をすればいいのでしょうか」

「ああ」北室長がぼんやりと宙を眺めた。「まだ、何をやって欲しいとか、決めてませんでした。前の町長の拡充計画で、庶務から沢井さんに来ていただくようになっていたのでしょうが。……まあ、そのうち何か思いつくでしょうから、今日はご自分の机の掃除《そうじ》でもしていてはどうでしょう」

ううっ。ホントに大丈夫なのかな、このおじさんと推進室……。

しかたなく、私は自分の机の掃除をすることにした。当分仕事もなさそうなので、もう引き出しの隅から隅までしっかりと雑巾《ぞうきん》で拭《ふ》いた。

「英語の本を読めるんですね」

さっきから読書に熱中している一ツ木さんに聞いた。

「フランス語……。農業経営学の本」

半分上《うわ》の空《そら》で答えられた。

なんか、「君に話してもしょうがないし」的な雰囲気《ふんいき》満載で、気分が悪い。

「失礼」

誰かの声に振り返ると、入口にお爺《じい》さんが立っていた。ずいぶんのお年のようだが、イギリス風の背広を着ている。それがなかなか決まっていて、おしゃれなお爺さんだ。深い皺《しわ》の中に微笑があって、とってもいい感じ。

「はい」

入口に一番近い一ツ木さんが本に夢中なので、私が応対することにした。

「私は鎌倉《かまくら》で日本画を描いている宮内《みやうち》と申しますが、一階の窓口を訪ねたところ、そういうことならこちらの部署を、と紹介されまして」

「それで、何の御用でしょうか」

「家を探して欲しいのです」

「南予町に定住をご希望の方ですか。それなら担当の者を呼びますが」

「いえいえ」宮内さんは手を振った。「この町に昔あった家を探していただきたいのです」

「ともかく、お座り下さい」北室長が立ち上がり、入口近くのソファを宮内さんに勧《すす》めた。「詳しくお話を伺《うかが》えますか」

宮内さんは頷いた。

「はい。実は、私、旧制中学の生徒だった時に、東京の美術学校への進学が決まっておりました。しかし、太平洋戦争が始まってしまい、それで、私もいずれ徴兵《ちょうへい》されるだろうと、卒業前の最後のスケッチ旅行にこの地を訪れたのです」

ええっ？　戦争中の話⁉

私はあらためて穏《おだ》やかな笑みを浮かべている宮内さんを見た。

きちんと背は伸び、かくしゃくとしているけど、見た目以上のお年寄りなんだ……。

宮内さんは北室長に促《うなが》されて話を続けた。

「私は画材を抱え、何に惹《ひ》かれたのかは覚えていませんが、山道を、奥へ奥へと入っていきました。するとその道の行き止まりに一軒の古い民家があったのです」

「マヨイガですか」

ずっと本を読んでいた一ツ木さんが顔を上げた。

えっと。迷い家って、家の妖怪みたいなものじゃなかったっけ。山の奥にあって、人が住んでいなくて、その家に入るとお金持ちになれるって。

「いやいや。ちゃんと人は住んでおりましたよ」宮内さんは笑った。「上品なご老人と、その孫娘さんでした」

「ほう」

北室長は、宮内さんの話に熱心に耳を傾《かたむ》けている。一方、一ツ木さんは「なんだ」と、言ったきり、また本を読み始めた。

ちょっとちょっと。一ツ木さん、来客に失礼すぎますよ。

でも、宮内さんは気分を悪くされたようでもなく、「私は招かれて一晩、お世話になったのです」と話を続けた。

「その家を探せということでしょうか」

北室長が、穏やかな口調で聞いた。

「はい」宮内さんは頷いた。「もうそろそろお迎えも来そうなので、人生を振り返れるうちに、その思い出の場所に一度行っておきたいと思ったのです。本当なら戦争が終わってからすぐにお礼に伺うべきだったのでしょうが、私は、シベリアに抑留《よくりゅう》されて日本に帰るのが遅れましたし、戦後は食べることで精一杯で」

「その娘さんにもう一度会いたいとか」

私は身を乗り出した。

「いえいえ。そういう気持ちもないではないですが、ただ、あの時のことが夢ではなかったことの確認……とでも、いいましょうか。それで、三日ほど前からこの地に宿をとって探しているのですが、どうしてもその家へ続く道が見つからないのです」

「その家のご主人の名前は？」

「お恥ずかしいことに失念してしまいました。ここに来る前に伺った窓口の方は、それでは探しようがないと」

「なるほど」北室長が頷いた。「何か手がかりはないのでしょうか」

宮内さんは、ポケットから一枚の紙を出した。

「その時、その家からの眺めをスケッチしました。しかし、スケッチ帳は空襲で焼けてしまったので、これは、記憶に頼ってもう一度描いたものですが」

私と北室長は額《ひたい》を寄せ合って、机に置かれた絵を見た。

うわ……。すごく素敵な絵。

絵のことはよくわからないけど、とてもレベルが高い。ひょっとして宮内さんって相当有名な人なのかな。

北室長も真剣に絵に見入っている。

「確かに、描かれているのは昔の南予町の町並みのようですな。西の港が正面に見えるということは、家があったのは東の山となりますが」

「家は、町の中心部を基準にして高度二百メートルほどか……」

突然、背後から声がしてびっくりした。

振り返ると、一ツ木さんが私の肩越しに絵を見ていた。

「高度って?」

私の質問に一ツ木さんは馬鹿にしたようにフンと、鼻を鳴らした。

「絵に描かれている町の建物の角度、それと、山の位置から概算すると、探す家は二百メートルほどの高さにある」

私は、東向きの窓から外を見た。四国山地に続く高い山が連なっている。そうとうに広い範囲だ。しかも、杉や檜《ひのき》が植林されている南北の山と違って、きつい斜面は雑木で覆《おお》われている。その二百メートルとかのあたりにとても家や道があるようには見えない。

「どんな詳しい地図でも、あの山の中に道は記載されていないのです。ずいぶん華やかな道だったような印象があるのですが、戦前の陸軍が作った地図にも描かれていませんでした。記憶の美化というやつでしょうね。本当は、きっと獣道《けものみち》のようなものだったのでしょう。インターネットで空からの写真なども見たのですが、木で覆われてしまったのか、それらしいものは見つかりませんでした」

宮内さんは頭《かぶり》を振った。

宮内さんの誠実そうな話しぶりに、私は、その家を見つけてあげたくなった。

でも、ちょっとこれではねえ。

「一週間後……今月末まで待っていただけますか」

絵を見つめていた一ツ木さんがぽつりと言った。

「今月末ですか」

宮内さんが目を見開いた。

「多分、その家に続く道を見つけられると思いますよ」

一ツ木さんはそう言うと、また自分の机に戻って本を読み始めた。

「判りました」宮内さんはにっこりと笑った。

「それでは、一週間ほど、松山の道後《どうご》温泉で湯治《とうじ》でもしておりましょうかな」

宮内さんは立ち上がると、私たちに深々と礼をし、推進室を出ていった。

「一ツ木さん、あんな安請け合《やすうけあ》いをして大丈夫なのですか?」

「別に安請け合いをしているつもりはない」

一ツ木さんは本から顔も上げずに答えた。

「じゃあ、家に行く道を知っているとか?」

「全然。僕がこの町に来たのはちょうど一年前だ。ずっとこの町に住んでいる町役場の職員たちが知らない家や道を知っているわけがない。それに、知っていたら、一週間後といわずに、すぐ宮内さんに教えた」

一ツ木さんの言葉に、私はため息をついた。

「やあ」

顔を上げるとドアの所に本倉町長が立っていた。

本倉町長は派手なソフトスーツを着ている。私が生まれる前、日本にバブルの時代があったそうだけど、その時のビデオに、こんなラメ入りのスーツのおじさんがいたなあ。でも、ピンク色というのは、特別職とはいえ、公務員としてはどうなんだろ。

あっ、しまった。紗菜さんに言われていたのに、本倉町長のことを一ツ木さんに伝えるのを忘れてた!

「何か御用でしょうか」

北室長がにこやかに本倉町長を出迎えた。

本倉町長はさっきまで宮内さんが座っていたソファにどさりと腰を下ろすと足を組んだ。

「実はねえ、新しい産業振興策を思いついたんだ。産業振興課に行ったんだけど、そういうのは推進室の方がいいんじゃないかって」

ああ……、やっぱりその話なんだ……。

私はちらりと一ツ木さんを見たが、町長が来てから一ツ木さんは一度も本から目を上げていない。

北室長は、本倉町長に「それで産業振興策といいますと？」と笑みを浮かべた。

「いいアイデアがあるんだ」本倉町長は、身を乗り出すと、クスクス笑った。「観光だよ、観光。うちみたいに小さい町が生き残っていくためには、観光業で一発当てるのがてっとりばやいんだ」

だめだ……。やっぱり、本倉町長は、今までの失敗でも全然、懲りてない……。

「南予町にこれといった観光資源がありましたか」

北室長は首を傾《かし》げた。

私も宙を睨《にら》みながら考えてみた。でも頭に浮かんだ施設や歴史的建造物では、松山市民どころか、近隣の市の人すら惹きつけられないだろう。

「道なんだよ」本倉町長は、自分の言葉にぽんと膝《ひざ》を叩《たた》いた。「君たちには道を探して欲しいんだ」

「また道ですか?」

つい私は口走ってしまった。

「またとはどういうことだね」

本倉町長は、怪訝《けげん》そうな目で私を見た。

「いえ、こちらの話です」

慌てて顔を伏せた。

「それで、その道とは、どのような道でしょうか」

良かった。北室長が話をそらしてくれた。

「ただの道じゃないぞお。古道だよ、古道!」本倉町長は大声で言った。「君たち、『志士脱藩の道』というのを知っているか」

一ツ木さんが本から顔を上げた。

「確か、勤王《きんのう》の志士たちが土佐《とさ》藩を脱藩して、密かに伊予《いよ》へと抜けた道ですね。文久《ぶんきゅう》二年(一八六二)に、坂本龍馬《さかもとりようま》が辿《たど》った『坂本龍馬脱藩の道』などもあったような」

「そうそう」本倉町長が嬉《うれ》しそうに頷いた。『志士脱藩の道』とか、『坂本龍馬脱藩の道』とか、地元ではイベントなんかをやって観光資源にしている。ただの道でも、古けりゃ観光資源になるんだよ。古道が観光資源になるのなら、こんなに安いものはない。そういうわけで、観光資源にするために古道を探して欲しい」

北室長が腕を組んだ。

「確かに南予町にも古道はあるかもしれませんが、それなりの歴史的な背景を持つ古道となると……。たいていの道の成り立ちみたいなものは知られていますし」

「だから、誰にも知られていない古道を探せばいいんだよ」本倉町長は指でテーブルを叩いた。「ともかく古道が見つかれば、それらしい話をでっち上げて観光名所にする。今は廃墟《はいきょ》ブームでもある。古い物は売り物になる時代なんだよ」

私の体から力が抜けた。

うーん。古道は廃墟ブームとは関係ないと思うけどなあ。

「熊野《くまの》古道なんか世界遺産だ！」

せ、世界遺産!?

なんか、本倉町長、とんでもないこと言い始めたよ……。

「でも」

私は、反論しようとしたが、町長に睨まれて、また顔を伏せた。

一ツ木さんが口を開いた。

「歴史的な背景があるかどうかは保証できませんが、知られていない古道でいいというのなら、見つけますよ。ただ、今月末まで、待っていただけますか」

「ほう。一週間でできるのかね」本倉町長は目を輝かせた。「さすがは、前町長肝《きも》いりの一ツ木君だ。古道の謳《うた》い文句の方はまかせてくれ。私がでっち上げる」

そう言うと、本倉町長はドカドカと足音も高く出ていった。

「でっち上げる……ねえ……」

北室長がほっとため息をついた。

「町長は観光業を甘く考えているようですね」

一ツ木さんが肩をすくめた。

「観光で町おこしって、難しいのですか?」

私の質問に、一ツ木さんは、面倒くさそうに答えた。

「ああ。一年前、この町に来る時に、ちょっと松山の道後温泉とか松山城に寄ったんだけどね」

「どっちも有名な観光地ですよね」

「うん。松山城なんか、何年か前の『行って良かった日本の城のランキング』とかいう口コミサイトでは、全国第二位にランクされていた」

「えっ、そうなんですか？」

「まあ、その時は姫路城《ひめじ》が修理中だったから今だと少し順位が下がるかもしれないし、ネットでの評価だから全部を鵜呑《うの》みにはできないかもしれない。しかし、それでもたいしたものだ。それから、道後温泉本館も素晴らしい建物だった」

「道後温泉とか松山城みたいな観光資源があったら、うちの町も豊かになれたのに」

一ツ木さんは頭を振った。

「あのねえ、観光資源は、たなからぼた餅じゃ手に入らないし、維持もできない。道後温泉本館は伊佐庭如矢《いさにわゆきや》という初代道後湯之町《どうごゆのまち》の町長だった人が尽力《じんりよく》して建てたのだけど、彼は、『人が集まれば町が潤《うるお》い、百姓や職人の暮らしもよくなる』と自分の給料は全て本館の建設費に回した。無私の努力を続けたから、最初は反対していた人たちの協力も得られたんだ。本館だけじゃない。伊佐庭は、道後温泉と市の中心部、そして港を結ぶ鉄道も作り、周辺施設も整備するなどの不断の努力を続けた」

「へえ。そんな歴史があったのですね」

私は感心した。

「松山城もそうだ。明治維新で松山藩は朝敵《ちょうてき》とされた。それで松山の人はずいぶん辛《つら》い思いをしたようだが、自分たちの町のシンボルだった松山城を必死に守ったんだ。壊れた部分は修復し、放火や戦災で焼けた櫓《やぐら》なんかは建て直した。今でもいくつもの市民団体や地元の生徒・学生などが清掃のボランティアを引き受けている」

なるほどねえ。

「大変なんですね」

「そう。大変なんだ。観光資源といっても、それを作り出す人の無私の努力、維持するための無私の協力……そうしたものが絶対に必要なんだ」

「松山に住んでいた時に、松山城にも上ったことがありました。本当に綺麗《きれい》に清掃されていたし、壊れているような所もなかったのは、そういうわけだったんですね」

一ツ木さんはまた、フンと鼻を鳴らした。

「松山に住んでいたのにそんなことも知らなかったのか」

一ツ木さんの言葉に私はかなりむっとした。

感情は顔に出たはずだけど、そんなことは、一ツ木さんは全く気にもしないのか、言葉を続けた。

「まあ、せっかく観光で栄えたのに、過去の努力にのっかって、ただ儲《もう》けようなんて人が増えて寂れた観光地なんてのも山ほどあるがね。松山の観光産業だって伊佐庭の遺志を継ぐ者が絶えれば、衰退するだろう。本当に観光で町おこしするのは大変だ」

「じゃあ、一ツ木さんは、本倉町長の指示には……」

「いや。古道は見つけるよ。業務命令だし、少しは成果も出さないと、この推進室はお取りつぶしになるだろうから」

一ツ木さん、お取りつぶしになるかもしれないって自覚あるんだ。それなら、朝から将棋なんかしない方がいいんじゃないかな。それから、本倉町長が話している時くらい、本から目を上げてもいいんじゃない？

あっ。お取りつぶしで思い出した。

私は北室長と一ツ木さんに頭を下げた。

「すみません。実は紗菜さんから、本倉町長が近々推進室に来るって聞いていたのですが、忘れてしまっていました」

「別にかまわないよ」一ツ木さんは首を傾げた。「それより、その紗菜さんって、誰？」

「町長秘書の三崎紗菜さんです」

「ふうん」

一ツ木さん、一年もこの町役場にいて、あの紗菜さんを知らないんだ……。

顔を赤くしていた紗菜さんのことを思い出して、ちょっと切なくなった。

「沢井さん、テーブルの上にテレビのリモコンがあるから、つけてくれ。ニュースが見たい」

私は一ツ木さんに言われて、テレビをつけ、ちょうどニュースを放送していたチャンネルに合わせせた。

「ニュース番組なんか見てどうするんですか」

一ツ木さんは、やれやれというように首を振った。

「古道を探すために、決まってるじゃないか」

馬鹿にしたように言うと、一ツ木さんは、そのままテレビに見入ってしまった。

まさか、地方ニュースで都合良く南予町の古道の発見なんてやっているわけない。

今からこんなことで、今月末までに間に合うんだろうか……。


あっという間に一週間が経《た》った。

家を探している宮内さんと、そして古道を探している本倉町長に約束した日だ。

この一週間、あいかわらず、一ツ木さんはフランス語とかの本を読みながら、北室長と将棋をしている。道を探しているような気配は全くない。心配して、「終業後に調べているんですか」って一ツ木さんに聞いたら、「僕は残業はしない主義だ」と言われてしまった。

昨晩は不安でなかなか寝付けなかったし、今朝《けさ》は早く目が覚めてしまった。目をこすりながら、台所に入った。

「それ何？」

私は台所の水屋簞笥《みずやだんす》の前に座り込んでいたお祖母ちゃんに尋《たず》ねた。

「ああ、びっくりした。結衣ちゃん、急に声をかけんで」

「ごめん、ごめん。……で、何を出してるの」

「桜井漆器《さくらいしっき》のお重箱」

「桜井漆器？」

「今治《いまばり》の桜井で作られた漆器。庶民にも手の届く値段だから、昔、曾《ひい》お祖父ちゃんにねだって買《こ》うてもらったけど、今でも使える」

お祖母ちゃんは愛おしそうに、お重箱を撫《な》でた。

「お重箱なんかどうするの？」

「もう桜の季節だからね。桜祭りの用意をしておかないと」

そうだった。

確か、去年の商店街が主催する桜祭りの時にも、お祖母ちゃんは、このお重箱に料理を詰めたんだった。その日は、うちの両親も来て、四人で楽しんだ。町の人みんなも、町の真ん中を流れる川の河原《かわら》にシートを敷いた。遠く貯水池のほとりや山に咲く桜も満開で、町中が同じ淡《あわ》いピンク色に染まる。商店街の人は、桜の花びらが舞う中、甘酒やお茶を振る舞ってくれた。そのお茶、毎年、ずいぶん渋いのだけど、お祖母ちゃんが作ってくれたお料理や桜餅には、よく合った。

昔は、伯父《おじ》さん伯母《おば》さん、それにいとこたちもたくさん来ていたなあ。人でいっぱいになった土手で、すっかり酔っ払ったどっかの小父《おじ》さんが、ちょっと卑猥《ひわい》な歌なんか歌っていて、お母さんや伯母さんは眉をひそめていた。だけど、私はそんなのもみんな含めて、好きだった。その時にも、このお重箱はあったような気がする。

でも、昨日、桜祭りは中止になると商店街から町役場に通知が来た。町民にはまだ発表がないから、お祖母ちゃん、知らないんだ……。

「桜井漆器は、すてきでしょう。ソメイヨシノの蒔絵《まきえ》も、とてもきれい」

「うん。きれいだね……」

桜祭りのことは言えなくて、私は、そのまま家を出た。

私の心配を余所《よそ》に、一ッ木さんと北室長はいつものように将棋をしている。

「こんな時にフランス語の本なんて、よく読めますね」

私は、一ッ木さんに、ちょっと嫌味っぽく言った。

「ドイツ語……農業土壌《どじょう》学の本」

一ッ木さんは本から顔も上げない。

「辞書もなくて、解るんですか」

「君は読書の時に辞書を引きながら読んでいるのか。……3三歩成《ふな》り。あと六手で詰みです」

「本当?」

北室長は、一ッ木さんの駒を動かしながら首を傾げた。

「本当です。これで四百五十九連勝です」一ッ木さんは本を置くと立ち上がった。「ちょっと給湯室でコーヒーでも淹《い》れてきます」

「コーヒーなら私が」

一ッ木さんはちらりと私を見た。

「ここは他の部署と違って、自分の飲み物くらい自分で作る。それに、ド素人《しろうと》の淹れたコーヒーなんてとても飲めない」

そう言い残すと、一ツ木さんは推進室を出ていった。

何あれ……。

一ツ木さんが飲んでるコーヒーって、インスタントでしょ。インスタントコーヒーを淹れるのにプロも素人もないと思う。

でも、一ツ木さんがいないのはちょうどいい。

私は室長席の前に立った。

「あのう。そろそろ宮内さんや本倉町長が来られると思うのですが、一ツ木さん、あれからちっとも調査とかしてませんよね」

「そのようだねえ」

北室長はのんびりとした口調で答えた。

「ひょっとして、一ツ木さんは、最初から古道を知っているとか」

「いや。知らないと言っていたでしょう。一ツ木君が知らないと言っているのなら、どこにあるかは本当に知らないのでしょう」

「それなら、どうして調査に出かけるとかしないのでしょうか」

「さあねえ。でも、一ツ木君が言った以上、見つけると思うがね」

「はあ……」

ホントかなあ。

宮内さんががっかりする姿を見るのは辛い。本倉町長のことはどうでもいいけど、見つけられなかったら、推進室への風当たりは強くなるだろう。人望のあった前町長が作られた部署だから、今まで手をつけられなかったけど。

給湯室からコーヒーカップを手に戻ってきた一ツ木さんは、椅子《いす》に座るとまた『農業土壌学』とかの本を読み始めている。

「やあやあやあ」本倉町長がいつもの笑顔で推進室に入ってきた。「それで、例の古道は見つかったかね」

私は首をすくめた。

一ツ木さんは、ちらりと本から目を上げた。

「実は、もう一人、道を見つけて欲しいという人がいまして。その方が来るのを待っていていただけますか」

本倉町長は顔をしかめた。

「じらす気かね」

「いえ、そんなつもりはありませんよ。二度説明するのは面倒くさいだけです。それにこの町に住んでいる人なら、古道を歩いたことはないにしても、誰もが見ているはずですが」

「なんだと？　私は誰も知らないような古道を探せと言ったはずだが」

「ええ。誰も知らない古道ですよ」

「君は一体、何を言っているのかね」

初めて本倉町長と意見が合った。私も一ツ木さんが言っていることが全然判らない。

「おはようございます」

声の方を見ると、宮内さんが入口に立っていた。

「ようこそ」

北室長がにこやかに迎えた。

「今回は、ご迷惑なお願いをしてすみません」

「いえ、全然」

一ツ木さんが答えた。

「それで、あの家は見つかりましたか」

「面倒くさいから行ってはいませんが、そこに行く道がどこにあるかはだいたい判りました」一ツ木さんは立ち上がると窓辺《まどべ》に寄った。「ほら」

その場にいた全員が窓辺に寄って一ツ木さんの指さす方向を見た。

「何も見えませんが……」

宮内さんがとまどったように言った。

うん、私も同じ。四国山地に連なる山々しか見えない。杉や檜を植林した山ではなくて、鬱蒼《うっそう》とした雑木林……。高さは四百メートルくらいだけど、けっこう険《けわ》しくて、とても家が建っていたなんて思えないような山……。

「どういうことだ、一ツ木君」

本倉町長が顔をしかめた。

「あそこですよ。山の中に、点々と桜が咲いているでしょう？」

「桜がどうだというんだ」

本倉町長は不機嫌《ふきげん》そうに一ツ木さんを睨んだ。

「少し高度があるために町のソメイヨシノにほんの僅《わず》かに遅れて咲くこと、それから樹形、花の色から考えて、あの桜はソメイヨシノと思われます。ソメイヨシノというのは栽培品種で、接《つ》ぎ木《き》等をしないと増えません。ヤマザクラのように勝手に山の中で増えることはないのです」

「ということは？」

「つまり、あのソメイヨシノは人が植えたのです。去年、僕がこの町に来て東の山の山腹にソメイヨシノが連なっているのを見て、ああ、あそこは昔は人の通った道があるのだなあと思いました。つまり、あのソメイヨシノを結ぶ線が、消えた古道です。おそらく宮内さんが昔歩いた道です。ちょうど、宮内さんの探している高度二百メートルあたりの家もその線上にある。この町に住む人なら誰もが毎年、あのソメイヨシノを遠目ながら見ているでしょう」

あっ……。

一ツ木さんが『この町に住んでいる人なら、古道を歩いたことはないにしても、誰もが見ているはず』と言ったのはそういうことだったんだ……。私も小さい頃から、毎年、見ていた……。

「あの。ひょっとして、一ツ木さんがテレビでニュース番組を見ていたのは」

「そう。必要だったのは事件とかの報道じゃなくて、ニュースの最後の天気予報。桜前線の状態を確認しておきたかった。幸い、この町は五日ほど前に桜前線が通過したようだ。宮内さんが、旧制中学の卒業旅行でこの地に来られたと言っておられたが、明治三十四年の中学校令施行規則以来、旧制中学の卒業は三月。時期を考えると、宮内さんはソメイヨシノに惹かれて山道に入ったと思う。道に華やかな印象を持っておられるのもソメイヨシノのためだ。普通、見事な桜や紅葉でもない限り、いくら記憶が美化されようと、山道に華やかな印象なんて持つものだろうか」

「車を出すぞ！」

本倉町長は鼻息も荒く叫んだ。

「そろそろかな」

運転をしていた一ツ木さんが車を停《と》め、私と北室長、それに宮内さんは車を降りた。

後ろについてきた車から、本倉町長も飛び出してきた。

「登り口はこのあたりなんだな」

「多分。ソメイヨシノの線の延長線は、ここらで麓《ふもと》の道と交わるはずです」

「多分って」

本倉町長が顔をしかめた。

一ツ木さんが、少し歩いて、「ああ、ここだ」と指さした。

そこに、ただ通り過ぎるなら絶対に見つからないくらいの、小さな道があった。いや、これは獣道ってやつだ。

「登れますか？」

北室長が気遣って、宮内さんに聞いた。

宮内さんは、「大丈夫ですよ。去年の夏は富士山《ふじさん》も登りましたから」と微笑《ほほえ》んだ。

道路脇の草むらを足で踏み分けて、古道に入った。その道は方々から伸びた枝が道を塞《ふさ》いでいる。昔はどうだったか知らないけど、今はもう完全に緑のトンネルだ。一ツ木さんが先頭で進み、宮内さん、北室長、本倉町長、それに私が続いた。

「一本目のソメイヨシノ……」

一ツ木さんが指さした。

遠くからはよく判らなかったが、ものすごく立派な桜だった。幹はごつごつして、方々に太い枝を広げている。こんなに大きなソメイヨシノの木を、私は見たことがない。

桜祭りで町から見た山の桜は、この木だったんだ……。

さらに三分ほど歩くと、二本目のソメイヨシノも見えてきた。

ちょっと心配していたけど、宮内さんは、けっこう速いペースで進む一ツ木さんに遅れることなくついていっている。あっという間にばてたのは、本倉町長の方だ。日頃、運動していないのかな。

「六本目のソメイヨシノ」

ソメイヨシノを通り過ぎながら一ツ木さんはポンポンと幹を叩いた。

「一ツ木君……。いったい、ソメイヨシノは何本あるのかね」

本倉町長は、もうすっかり顎《あご》を出している。

「確か、下から見た限りでは……」

「いやいや、言わんでいい」本倉町長は慌てて手を振った。「このクソ桜が何十本もあるとか言われたら、登る気力がくじける」

そう言った途端に、本倉町長が足を滑らせ、尻餅をついた。

「悪口を言うと、山の神の不興《ふきよう》を買いますよ」

一ツ木さんの言葉に、本倉町長は、「えっ」と、びっくりしたように辺りを見た。

「冗談《じようだん》に決まっているでしょう」

一ツ木さんは、本倉町長が立ち上がるのも待たずに、また歩き始めた。

いやいや。今の一ツ木さんの口調、本気とも冗談ともつかなかったよ。

でも、けっこう長い道だなあ。

こんなことになるのなら、スニーカーじゃなくて、トレッキングシューズ履《は》いてくるんだった。

さすがに宮内さんも疲れてきたようだ。

それを察したのか、一ツ木さんは少しペースを緩《ゆる》めた。

あれ？　一ツ木さんにもちょっとはいいところがあるじゃない。

結局、一ツ木さんが、「二十六本目」と言った時に、少し開けた場所に出た。

「ひょっとして、昔、泊まった家はこれですか?」

振り返った一ツ木さんが、宮内さんに尋ねた。

一ツ木さんの傍には、崩れ落ちた廃屋《はいおく》があった。

家は主《あるじ》を失うと、すぐに朽《く》ち果《は》てるって言うけど、この家は人がいなくなってもう五十年以上経っているんじゃないかな。完全に潰れている。

しばらく、その廃屋を見つめていた宮内さんは、ほっと小さく息をはいた。

「ここですな」宮内さんは指さした。「ここが玄関、そっちが座敷で、そこに私は泊まりました。あちらが娘さんの部屋でしたか」

宮内さんは懐かしそうに崩れ落ちた廃屋を見つめた。

「で、この道はどこに抜けるんだね」

廃屋の周りをうろついていた本倉町長が声を上げた。

「いや、この道は、ここで終わりです」

宮内さんの言葉に、本倉町長は「えっ?」と声を上げた。

「この道は、この家のところで行き止まりでした」

「そんな……」本倉町長はあんぐりと口を開けた。「どっかに通じていない道じゃや、『脱藩の道』みたいな話をでっち上げることができないじゃないか」

「脱藩の道？」

宮内さんは目を瞬《しばたた》かせた。

「いや、こちらの話です」

一ツ木さんが手を振った。

「まあ、ともかく一ツ木君は、ご指示通り古道を見つけたようです」

北室長の言葉に本倉町長はため息をついた。

「古道でも、これでは役にたたん……。俺は役場に戻る」本倉町長は、登ってきた道を一人戻ろうとしてソメイヨシノの枝に肩をぶつけた。「このクソ桜が！」

そう言った途端に、また、滑って尻餅をついた。

「だから、悪口を言ってはいけないのに」

一ツ木さんは、やれやれというように、首を振った。

やっぱり、一ツ木さんの口調は、冗談か本気か判らない。

どういう人なんだ、一ツ木さんって……。

「でも、せっかちな人だな」一ツ木さんが道を降りる本倉町長の背を見ながら言った。

「最高の観光資源を見つけたのに」

「観光資源？　宮内さんには大切な道でも、一般の人はこんな山道をありがたがるとは思えませんけど」

一ツ木さんは呆《あき》れたように私の顔を見た。

「いや、価値があるのは道じゃないよ。登ってくる途中に気づいたんだけどね、このソメイヨシノはとても古い木なんだよ」

「確かに大きな木ですけど」

「ソメイヨシノは江戸時代の終わりあたりに、植木屋が人工的に作り上げた品種なんだ。そのためか病気に弱いし、花見客に土を踏み固められると寿命《じゅみょう》が短くなる。だから樹齢百年を超えるソメイヨシノの老木は日本全国に数える程しかない。僕はそのうちのいくつかを見たけど、この古道に植えられた木は、多分、それに匹敵《ひってき》する。それが二十六本もある。つまり、ここは、日本でも最古に近いソメイヨシノの古道ということだ」

「それって……」

「十分、観光資源になる。もちろん、この前言った通り、観光資源を作り出し、維持していくのは大変なことだ。ソメイヨシノはデリケートな品種だから、観光客に土を踏み固められないようにする遊歩道とかを作らないといけない。帰ったら報告書にして町長に提出するよ」

「それは、ちょっと待った方がいいんじゃないですかね」

ソメイヨシノを仰《あお》ぎ見《み》ていた北室長がぽつりと言った。

「待つって、どういうことでしょうか」

一ツ木さんが眉を寄せた。

「確かに、これは、そうとうの古木だと思います。しかし、今、観光地にするのはどうでしょう。遊歩道といっても、それを一気に整備する資金はうちの町にはありません。そのことを本倉町長に言っても理解してくれるかどうか。きっと無理にでもここを観光地にするでしょう」

「あ、そうか。本倉町長には興味がなかったので、彼の性格を考慮してませんでした。すみません」

ええっ!?

傲慢無礼《ごうまんぶれい》な一ツ木さんが、北室長には素直に頭を下げてる。

どういう人なんだ、北室長って……。

「前の町長の努力で、徐々にですが町の財政は改善されています。資金に余裕ができるまでしばらくは、このソメイヨシノの道のことは黙っておきませんか。ただ、古木ですので今後はちゃんと面倒をみないといけないようです。こっそり知り合いの樹木医に相談してみましょう。今後のことは、樹木医の意見を聞いてゆっくりと進めていこうと思うのですがどうでしょう」

「ソメイヨシノが生き残ったのは、見えない古道になったからなのですね」宮内さんが感心したように頷いた。「それなら、確かに古道とソメイヨシノにはもう一度、眠ってもらった方がよさそうですな」

「判りました」

一ツ木さんも頷いた。

私はちょっと惜《お》しいような気がしたけど、観光客が殺到してソメイヨシノが枯れたら元も子もない。

「私も黙っています」

私も北室長に賛成した。

「花が散れば、また、この道は見えなくなる」北室長がゆっくりとソメイヨシノを眺めた。「それでは、百年超えのソメイヨシノの古道を、ゆっくりと花見しながら下りましょうか」

「お供します」

殊勝《しゆしよう》にも頭を下げた一ツ木さんは、北室長と宮内さんの後に続いた。

「あのう……」

「なんでしょうか」

先を行っていた北室長が振り返って私を見た。

「一度だけでいいんですけど、このソメイヨシノが満開になったら、私の祖母を連れて花見に来てもいいでしょうか。祖母は花見を楽しみにしているのですが、今年から商店街の桜祭りがなくなってしまったので」

北室長はにっこりと笑った。

「ちょっとずるいような気もしますが、まあ、公務員の役得ということにいたしましょうか」

「良かったらみなさんもどうですか。私はお料理はあまりうまくないですが、桜井漆器のお重箱に詰めたら結構、豪華に見えるかもしれません」

「私もいいですかね」

宮内さんが言った。

「もちろんです。あと、今度の件で、心配してくれた町長秘書の三崎紗菜さんを呼んでもかまいませんか」

北室長はぽんと手を打った。

「それは、いいですねえ。沢井さんと三崎さんとで、ずいぶんと華やかなお花見になりそうです」

「それ、ちょっとセクハラ系の発言ですよ」

「そうなんですか」

北室長は目をぱちくりさせた。

「でも、お花見を許可していただいたお礼に忘れます」

私は笑った。

ふと、一ツ木さんが立ち止まって私の顔を見た。

「さっき、沢井さんが言っていた桜井漆器って何？」

「桜井漆器は、愛媛県が指定している有名な伝統工芸品ですよ。一ツ木さん、そんなことも知らなかったんですか」

私はお祖母ちゃんから受け売りの知識を、大いばりで一ツ木さんに披露《ひろう》した。

なんだか、すっとした。えっと、何て言ったっけ、こういうの……。高校時代、国語で習ったけど……そうだ、人を小馬鹿にしてる一ツ木さんに『一矢《いっし》報《むく》いた』ってやつだ。

「桜井漆器のお重箱とはいいですね」北室長は私の話に頷いた。「この道でお弁当を食べたらさぞおいしいでしょう」

「思い出しました」宮内さんが北室長に言った。「私と古家の娘さんが並んでこの道を歩いた時、娘さんは私に手作りの桜餅をふるまってくれたのでした」

「なるほど。満開の桜の下には死体が埋まっているという言葉がありますが、ソメイヨシノの傍《かたわ》らには若い人たちが歩いていく道があるのですねえ」

北室長が振り返って微笑みながら私と一ツ木さんを見つめた。

# 第二話　雨中の自転車乗り

時計のベルの音で目が覚めた。

私は慌《あわ》ててベルを止め、ベッドから起き上がると、カーテンを引いた。

良かった。

どんよりとした雲が出ているけど、まだ雨は降っていない。

ここのところ雨の降る日が多い。天気予報でも、今日は昼から雨が降り始め、それからずっと降り続くと言っている。

スクーターで町役場に通う私は、雨がひどく苦手なんだ。もちろん雨が降ればレインコートを着ていくけど、いろいろなところから水がしみこんで、嫌な気分になる。それくらいなら、かなり早いけど、雨が降り始める前に町役場に出た方がいい。

このまま町役場に出たら始業時間まで一時間以上もあるが、ちょうど北室長から命じられた仕事があるからそれをやっていればいいし。

……でも、帰りは雨かな。梅雨《つゆ》だからしょうがないけど、嫌だな。

私は顔を洗い、「おはよう」と、台所に立っていたお祖母《ばあ》ちゃんに声をかけた。

「やっぱり、早かったね」

「やっぱり？」

「結衣は雨が嫌いだから、こんな日は、雨が降り出す前に出るんじゃないかと思って」

お祖母ちゃんは、にっこりと笑った。

テーブルには、もう朝食が並んでいる。

私が雨が苦手なのを、お祖母ちゃん、お見通しなんだ。でも、どうして知っているんだろう。ちょっと恥ずかしいから、誰かに言ったことはなかったのに。

「ありがとう」

私は、箸《はし》を取りながら、お祖母ちゃんに軽く頭を下げた。

私は急いで朝食を詰め込み、身だしなみを整えると、玄関の戸を開けた。

うん、まだ降ってない。

「行ってきなはい」

お祖母ちゃんの声を背に、私はスクーターに跨《また》がると、アクセルを開けた。

今朝《けさ》もスクーターの調子はいい。

田んぼには、かなり大きくなった稲の苗が揺れていた。

梅雨は嫌いだけど、この時期の田んぼの匂いはけっこう好きなんだ。

私は、田んぼの中の道を真っ直《ます》ぐ走った。

あれ？

こんなに早くに自転車に乗った男の子がいる。こっちの道と交差する県道を一所懸命《いっしょけんめい》という感じでペダルを漕《こ》いでいた。

南予中学の制服じゃないから高校生なんだろう。

でもなんで自転車？

南予町に高校はない。だから、南予中を卒業すると、多くの生徒は近くの市の高校に進学するが、みんな町営のバスで通学しているはずだ。

特に今日なんて、昼から雨が降り出すって予報が出ているのに。

ちょっと不思議に思ったけど、朝練とかの事情があるのかもしれない。

高校生もきっと大変なんだ。

私は、男の子の背を見送った。

自転車は児童館の脇を走り抜けていく。

あっ……そうか……。

私が雨が苦手なのをお祖母ちゃんが知っている理由が判った。
七、八歳くらいの時だと思う。私は、夏休みはお祖母ちゃんの家で過ごすことが多かった。花摘《はなつ》みや川遊びなんかしていたが、できたばかりの児童館で遊ぶのも好きだった。でも、ある日、児童館で絵本を読んでいたら、突然、雨になった。豪雨だった。
その時、お祖母ちゃんに雨が降るかもと、傘は持たされていたけど、雨音は恐ろしかった。しかし、閉館時間は迫っている。

今考えると、そんな豪雨の中、怖がっている小さな子供を閉館時間だからといって職員さんが追い出すなんてことはなかったと思うけど、当時の私は、閉館時間になったら絶対に出ないといけないと思っていたのね。

傘を差した私は、一人、雨の中に出た。

南予町のはずれに降る雨と、松山の雨は違っていた。松山だと、どんな雨でも、家々が見える。でも、このあたりの一本道だと、周りは田んぼだけだ。児童館を離れると、家々も山も雨で全く見えなくなった。雨のカーテンに被《おお》われた中、私は、世界でたった一人になってしまったような気持ちになった。そのうち、どっちに歩いているのかすら判らなくなった。

私は、一歩も歩けなくなって、道にしゃがみ込んだ。多分、私、泣いていたと思う。

その時、雨のカーテンの向こうからお祖母ちゃんが、迎えにきてくれた。

それ以来、中学生くらいになるまで、ひどい雨の日はお祖母ちゃんの家から一歩も出なかった。

それは、お祖母ちゃんでなくても、私が雨嫌いだって気づくわ……。


私は、「おはようございます」と大きな声で挨拶《あいさつ》しながら、推進室のドアを開けた。

挨拶の応《こた》えはない。

いつもなら北室長の方が先に席に着いているんだけど。やっぱり、この時間だと誰もいないよね。

もちろん、一ツ木さんはいない。私は定時の十分前には推進室に入ることにしているが、一ツ木さんは、私よりちょっと早かったり、遅かったり、時に遅刻したり、欠勤したり……と、まあ、気ままなものだ。

私は自分の机にバッグを置いた。

……北さんが来る前に机を拭《ふ》いておこうか……。

ウェットティッシュの容器から一枚引っ張り出すと、北室長の机の上を拭いた。

拭いた後で、手の中のウェットティッシュを見たが、汚れなんかほとんどなかった。

北室長はいつもきちんとしているから、机の上もきれいで、私が掃除《そうじ》する必要なんかなかったかもしれない。でも、これは、仕事を教えてくれるお礼みたいなもの。大切なのは気持ちだよ、気持ち。

今度は私の机を拭く。

こっちもきれいなもんだ。

私は、ウェットティッシュをゴミ箱に放り込んだ。

一ツ木さんの机は拭かない。外国語で書かれた本とか機械とかが積み重なっているからだ。ヘタに触れば地崩れを起こすかもしれない。

しかし、一ツ木さんってどういう人なんだろう。三ケ月近く隣の席から観察しても、さっぱり判らない。一日中、何か難しい本を読んでいたかと思うと、ふらりと席を立ってどこかに行ってしまう。

行き先を聞いても、北室長は、狸顔《たぬきがお》に笑みを浮かべながら、「さあ、一ツ木君、何をしているのでしょうねえ」という答えしか返ってこない。

上司の北室長にも判らないって、どういうことだろう。

ただ、相当に変わっていて、面倒くさがりな人ということだけは判った。こんな人と少なくともこの一年は机を並べるんだと、わけの判らない一ツ木さんの机を見ながらため息をついた。

……まあ、考えていても仕方がないか……。

自分の机に着くと仕事を始めることにした。筆記用具を引き出しから取り出すと、昨日、北室長から渡された地図を広げ、言われた通りに記号を描き込んでいく。

その作業に熱中していたら、突然、背後から「何してるの」と声をかけられた。

「びっくりしました。一ツ木さん、来ていたのですか」

一ツ木さんは呆《あき》れたような目で私を見た。

「そりゃ、来るさ。一応は職員だし」

いや。出勤するのは当然ですけど、推進室に入る時に、「おはよう」くらい言ってくれてもいいのに。

「今朝はずいぶん早いですね」

「早い？　もう始業時間になってるけど」

一ツ木さんは、そう言うと、どさりと自分の椅子《いす》に腰を下ろした。

私は北室長の席を見た。

「まだ、北さん、来られてないですよ」

「何言っているんだ。北さん、今日は県庁に直行だろ」

ああ……そうだった。

「昨日、出張に行くとか言っていましたね」

一ツ木さんは、私の机の上を覗《のぞ》き込《こ》んだ。

「それで、沢井さん、何やってるの」

「これですか」私は、地図を少し一ツ木さんの方に寄せた。「北さんに言われて作っているんです」

「ずいぶんでかい南予町の地図だね」

確かに。一枚で新聞の見開きほどの大きさがある。それが、全部で八枚。これで南予町の全域をカバーしている。このサイズだと、全住宅が載っている。

「住民台帳のデータを参考にして、それぞれの住宅に、住んでいる人の年齢、性別ごとに記号を描いているのです。たとえば、私のうちだと、祖母は後期高齢者の女性なので橙《だいだい》色《いろ》の丸。私は成人女性ですから赤丸といった具合に。さすがに名前まで記入するスペースはないですが」

一ツ木さんは、椅子を寄せてきた。

普段は私のやっていることなど気にも留めないのに、今回はなぜか、興味を持ったようだ。

「ほう。数から推測するに、就学前の子供、小学生、中学生、高校生、それ以上の成人、そして、高齢者と後期高齢者に分けているのか」

「はい。だいたいはそうです。北さんがそうしろと。……でも、それで、完成したとして、この地図を何に使うのでしょうか」

「北さんに聞いたんじゃないの？」

「聞きましたけど、『それは、完成した時のお楽しみに』って。ちょっと、いたずらっ子みたいな目をしてましたが」

「面白いな。他の地区のも見せてくれる？」

私は首を振った。

「昨日からやり始めたばかりで、まだ最初の一枚の、それもちょっとしか出来てません」

「それで、最初の作業を南予町の北西部の地区から始めた理由は？　そこは漁港があって漁業者が多く住む地域だけど、北さんがそこからやれって？」

「いえ。特に理由はありません。北さんは好きなところからって言ってくれたので、ともかく端っこから順にやっていこうかなあって」

「端から順にねえ……。沢井さんは仕事を始める時に、何かのビジョンとか問題意識とかを持って、優先順位を考えたりしないの？」

一ツ木さんはまた呆れたような目で私を見ている。

私は、むっとした。

こういう人を馬鹿にしたような態度をとる一ツ木さんは、どうしても好きになれない。

「悪かったですね」

一ツ木さんの目がすっと細くなった。

「ここ」一ツ木さんは地図の一点を指さした。「ここにだけ、青い星印があるけど、ひょっとして、星印は『就学者以外で十八歳以上二十歳未満』じゃない？　暖色系のマークが女性のようだから、これは、男性かな」

「その通りです。何で判ったのですか。他の区分は小学生とか、中学生とかで分けているのに、そこだけは狭い年齢の範囲で区切っています。なぜなんでしょう？　新しい選挙制度で選挙権を得た人でしょうか」

一ツ木さんは、やれやれというように首を振った。

「もし沢井さんが松山市の市職員だったなら、北さんは『就学者以外で二十二歳以上二十四歳未満』を星印にするようにって指示しただろうさ」

「どういうことですか」

「それと、南予町で次に注目すべきは、三角で描かれた、多分、高校生を表わすマーク」

一ツ木さんが漁港傍《そば》の住宅を指さした。赤い丸と緑色の三角が描かれている。高校生と母親の世帯なのだろう。

「あの……。一ツ木さんの言っていることがさっぱり……」

しかし、一ツ木さんは私の質問に答えず、椅子を元の位置に戻すと、胸ポケットからスマホを取り出した。

もう、私の仕事に興味を失ったらしい。

一ツ木さんが気まぐれなのは判っているけど、言いっぱなしじゃなく、こっちの質問にも答えて欲しいな。

私のむっとした顔なんか全く気にもしてないのか、一ツ木さんは、スマホの画面に指を走らせ始めている。

ホント、この人、仕事する気あるのかな。

私は、もう一度、地図を見た。

その時、推進室のドアがノックされた。

入ってきたのは総務課長の矢野《やの》さんだった。

「おはよう。……えっと、北さんは？」

「室長は県庁に出張ですが」

「そうだった。確か、出張の書類に判を押したな」

矢野総務課長は頭をかいた。

おやまあ。

自分が押印したのに忘れていたんですか。

私も忘れていたから人のことは言えないけど。

それにしても大丈夫かな、北さん。ずいぶん、影が薄いようですよ。ただでさえ、推進室は窓際《まどぎわ》部署って言われているのに……。

「それで何か、ご用でしょうか」

私が水を向けると、矢野総務課長は、スマホの画面を見ている一ツ木さんをちらりと見た後、こちらに向き直って話し始めた。

「南予町は町営バスを走らせているよね」

矢野総務課長の言葉に私は頷《うなず》いた。

南予町では住人の減少が続き、バスの利用者が激減したため、民間のバス会社が撤退《てったい》した。その代わりに、前の町長が町営バスを設立したのだ。

「町営バスがどうしたのですか」

「町営バスを運営するには結構な費用がかかっているんだ。そんな中で、本倉町長が、客を全く乗せずに走っているバスを何回か見かけたらしい」矢野総務課長が眉《まゆ》を寄せた。

「それで、本倉町長は、町営バスの運営についていろいろと改革をしようと思いはじめたんだ。『客を乗せないバスが走る路線なんて不要だろう』ってね」

「それで、推進室にどのようなことを?」

「まあ、確かに、乗客がいないバスを走らせるのは無駄だろうから改革することに反対じゃないんだが……。ただ、今の路線は、前の町長ご自身が最終的に決定されたものだったから、それに手をつけるのは、どうしても慎重になってしまう。それで推進室にその……不要な便の洗い出しというか、調査をしてもらおうかと来たのだが、北室長は出張か……」

矢野総務課長がちらりと一ツ木さんを見た。

「面倒くさいですねえ」

一ツ木さんがスマホをいじりながら、とんでもないセリフを言い放った。一瞬で矢野総務課長の眉が跳ね上がった。

私は慌てて立ち上がった。

「やります！　推進室の方で状況を調べてみます！」

「……それじゃあ、お願いするよ」

矢野総務課長は席を立ち、まだスマホの画面を見つめている一ツ木さんを睨《にら》みつけると、さっさと出ていった。

「沢井さん、引き受けちゃったんだ」

一ツ木さんが、おやおやというような表情を浮かべた。

あのねえ……ただでさえ、『推進室』は、お取りつぶしになるかもって噂《うわさ》されているのに、矢野総務課長の不興《ふきょう》を買ったら来年こそ、なくなってしまいますよ。

「一ツ木さん、この仕事、しないのですか」

「まあ、町営バスの事務室に行ってデータを見れば、すぐに本当に必要な路線なのか、そうじゃないのか判断がつくだろう。面倒くさいけど難しい仕事じゃない」

「それじゃあ、一緒に行きましょう！」

一ツ木さんは、ハァとこれ見よがしなため息をついて立ち上がった。

外は今にも雨が降りそうだ。

でも、大丈夫。町営バスの事務室は役場の一階にある。人口減少が続き、町役場の職員数も減っていったために、町役場は空き部屋がけっこうたくさんできた。その一つに町営バスの事務所が入ってるんだ。屋内を歩いて一分ね。

「こんにちは」

私は、事務室を覗いた。

「ああ、推進室の」

事務長さんが笑顔で迎えてくれた。

「あの……。総務課長の矢野さんに言われてきたのですが」

「話は聞いているよ。町営バスの路線運営のことだよな」事務長さんは席から立ち上がると書類棚からファイルホルダーを取り出した。「一応、各路線の毎便の乗客数なんかは記入しているけど」

一ツ木さんは「利用者が少ない路線は……」と呟《つぶや》きながら書類をパラパラとめくっていたが、あるページで手を止めた。

「どうかしましたか」

「まずい」一ツ木さんは、そのページを私に見せた。「通常一人か二人、時に全く乗客のいないバスがあるんだけど、水産高校に通う生徒の復路の便だ」

事務長さんがため息をついた。

「そうなんだ。本倉町長が何回か乗客ゼロの便を見たのは、それだろう。ゼロの日がかなりある。梅雨に入ってからは特にだ」

私には、二人が眉を寄せているわけが判らない。

「通学用のバスだとまずいのですか」

「まずいよ」

一ツ木さんが私の質問に吐き捨てるように答えた。

事務長さんも頷いた。

「もともと町営バスは、前の町長の、『町おこしは、教育と医療と仕事が基本』という強い思いから、かなり無理して作られたんだ。大病院や高校が南予町にないのは仕方がないにしても、町民に少しでも負担がかからないようにする……。なのに、本倉町長が目をつけたのが、こともあろうに通学用の便だとはね」

そういうことだったんだ。

一ツ木さんが開いた書類に顔を寄せた私は、指で路線図をなぞった。

「これによると、この路線は、通院用にも使われてますよね。一緒にすることはできないのですか」

事務長は首を振った。

「高校の下校時間はかなり遅い。通院している高齢者に、それまで待てとは言えない。だから、通院用のバスは、南予町に戻ってから、もう一度、水産高校に向かっている」

「水産高校に通っているのは何人ですか」

「本当は三人なんだけどね」事務長が窓の外を見た。「ちょうど、その便を担当している古葉《こば》が戻ってきた。話を聞いてみたらどうかな」

町役場の隣にある町営バスの駐車場に一台のバスが駐《と》まって、中から中年の男の人が降りてくるのが見えた。

「それじゃあ、行ってきます」

私は事務長さんにお礼を言うと、さっさと部屋から出ていった一ツ木さんの後を追った。

「さっき、通学用の路線だとまずいって言っていましたが、どうまずいのですか。確かに『教育と医療と仕事が基本』ですが、町営バスの路線がなくなったからといって、通学できないわけじゃないですよね。実際、帰りの便では利用しない生徒が多いみたいですし」

一ツ木さんは、ちらりと私の顔を見た。

「あのねえ、沢井さんが作っている地図……北さんが、わざわざ、『就学者以外で十八歳以上二十歳未満』という狭い年齢層だけ星印にするように指示した理由が、まだ判らない？　星印をつけていてどう思った？」

「はあ……。ずいぶん数が少ないなとは思いました」

「南予町の人口構成のグラフを作ってみると判る。横軸に年齢、縦軸に人数のグラフを描くと、過疎地《かそち》では歪《ゆが》んだMの字になる。その谷の底の部分が、年齢十八歳から二十歳のところなんだ」

なんとなく一ツ木さんの言っていることが判りかけてきた。

「高校を卒業して就職する時に、南予町を出る人がいるからですね。……あ、そうか。もし私が松山市の市職員だったら『就学者以外で二十二歳以上二十四歳未満』を星印にするだろうって言っていたのは、松山の大学を卒業して大阪とか東京に就職する人が多いからですね」

「そう。かなりの大都市以外、谷の位置は違うにしても、いびつなM字型になる。僕はその谷の部分を『魔の谷』って勝手に呼んでいるけどね」

「魔の谷？　何か怖い名前ですね」

「嫌な谷だよ。田舎の町役場の職員としては、町から出ていく人がいるのはとても嫌だ。しかし、悔《くや》しいことに多くの若者は南予町から出ていく決断をしてしまう。その決断をするのが高校生の時なんだよ」

ああ……、一ツ木さんの言っていた『就学者以外で十八歳以上二十歳未満』の次に注目すべきは、『高校生』って、そういう意味なのか。

話が終わらないうちに、駐車場に着いた。

制服を着た中年の運転手……バスのタイヤをチェックしていた古葉さんが、顔を上げた。

「何か用？」

「お忙しいところすみません。私、町役場の推進室の沢井といいます。こっちは、同僚の一ツ木です」

私は、今までの話を要約して伝えた。

どうせ一ツ木さんは、面倒くさがって、こういうことはしてくれないからね。

古葉さんは私の話に頷いた。

「うん。俺が、この四月にここに採用されてからは、その便を担当してるけどね」

「それで、水産高校の帰りの便で乗客がこんなに少ないのはどういうわけなんでしょう」

「そこに通っているのは一年生の小野田《おのだ》、二年生の清水《しみず》、三年生の船越《ふなこし》の三人だ。どうして俺のバスに乗らない時があるのかは知らないな。多分、何かの事情があって遅くなっているんだろう。そんな時は、JRで隣町まで戻り、そこから出る最終の町営バスに乗って帰っているんだろうが。ただ、清水は、気まぐれでバス通学にするのか自転車通学にするのか決めているようだな」

「それじゃあ、本倉町長が乗客ゼロのバスを見かけたのは、たまたま清水君という生徒が自転車で通学していた時ですね」私は、はっと気づいた。「あ……。その清水君て人、たぶん、今朝、見ました。自転車に乗っていました。昼から雨が降るって予報が出ていたのに」

「ああ、あいつ、自転車で出る時は曇《くも》りの日が多いからね」

「どうしてですか」

「さあ、日に焼けるのが嫌なんじゃないかな。俺らが若い時にはそんなことは気にしなかったが。まあ、おかげで帰りは雨になることが多い。雨の中、濡《ぬ》れネズミで自転車漕いでる清水をバスで追い抜くことがあるよ。最初から乗っていきゃいいのに。今日も帰りの便には乗らないんだろうな」

「変な子ですね」

私は、レインコートを着てても雨の日にバイクに乗るのは嫌だ。雨に降られるかもしれない日に自転車で学校に行こうなんて考える人がいるとは、信じられなかった。しかも、南予町から水産高校までって、確か、片道二十キロ弱はあるよ。坂道もけっこうあるし。

古葉さんが腕を組んだ。

「まあ、俺もね、せっかくバスを走らせるなら、多くの人に喜んでもらいたいよ。空《から》でバスを走らせるのはもったいない。気まぐれで乗る、乗らないを決める奴のことを考えるより、もっといい方法があるんじゃないのかな」

「確かに、水産高校の復路についてはそうかもしれませんね。もっと別の路線に変えた方が、結局、前の町長のご遺志に添うのかもしれないです」

「そうだよ。多少時間はかかるが隣町のＪＲ駅までの路線もあるし、水産高校には寄宿舎もあるから、そこに入るのもいい。まあ、俺からも事務長に言っておくわ」

突然、それまで一言も会話に加わらなかった一ツ木さんが、口を開いた。

「ちょっと待って。ともかく、この件は、僕が預からせてもらうから」

一ツ木さんはそう言い残すと、すたすたと駐車場から出ていった。

私は、慌てて古葉さんに頭を下げると一ツ木さんを追った。

「預かるってどういうことですか」

「言葉通りの意味だよ。もう少し状況を調べないと」

「今回、一ツ木さんはずいぶん慎重ですね」

一ツ木さんはふんと鼻を鳴らした。

「当たり前だ。ことは、魔の谷に向かっている最中の子供たちに関わる件だ。その子を南予町に引き留める力、押し出す力、外から引っ張る力、押し戻す力……彼らは無意識のうちにそういった力を感じている。そんな多感な時期に、自分たちが使っているバスの運行を止めると告げられたら、彼らは南予町が水産高校に通う者、志望する者を切り捨てるのだと受け取ってしまいかねない。魔の谷に向かう子供たちが、そんな暗黙のメッセージを受け取ってどういう選択をするか……。バス便を存続させるためには、生徒たちにちゃんと町営バスに乗れと説得するのがいいのだろうが……面倒くさいな」

一ツ木さんは、難しい顔をして推進室のドアを開け、席についたが、またスマホをいじり始めた。

町営バスの件は気になるが、預かると宣言した一ツ木さんが何も言ってくれないので、私は北室長に命じられた作業を続けることにした。

雨の音に、私は窓の外を見た。

やっぱり雨、降り始めた。清水君って子、今日も雨の中、自転車漕ぐのかな。

預かるって言ったけど、一ツ木さんは、あれから、ずっと何か外国語の本を読んだり、スマホをいじったりしている。

終業時間になったので、私はレインコートを着て、スクーターに跨がった。

屋根のついた駐輪場から出て思うけど、やっぱり、雨の日は、スクーターはだめだな。

いつか、自動車の免許とって、中古の軽自動車を買おう！　……なんて考えながら、寂れた商店街の中をスクーターで走った。

あれ？　クリーニング店から出てきたの北室長じゃない？

私は、慌ててスクーターを停めた。

「北さん、こんにちは」

「ああ、沢井さん、こんにちは」

背広姿の北室長は、手にいっぱい荷物を抱えている。

「今、県庁からお帰りですか」

「はい」

その時、何かのメロディーが聞こえ、北室長は背広の内ポケットからスマホを出した。

ああ、北室長のスマホの着信音だったのね。

北室長は、何か、真剣な表情で画面に見入っている。

「何かありましたか」

「7二金……あと六手で詰みだそうです……。今日は二敗したから、これで五百七十八連敗ですか」

はあ？

ひょっとして、北さん、県庁に出張中もスマホ使って一ツ木さんと将棋やってたんですか？

それで、一ツ木さん、就業中にずっとスマホをいじってたんだ……。

私は肩を落とした。

もう本当に、推進室は、お取りつぶしになりそうだ。

北室長がスマホから顔を上げた。

「それで、こちらでは何かありましたか」

「はい。総務課長の矢野さんが町営バスの運行について推進室にお願いにこられました。一応、一ツ木さんが預かるって」

「一ツ木君が預かる？　これはまた珍しいこともあるものですね。でも、一ツ木君なら、問題はないでしょう」

その時、ちらりと北室長が手にぶら下げているものに目が行った。

その一つに黒い上下が入った袋がある。クリーニング店で受け取ったものだろう。

「それは冠婚葬祭《かんこんそうさい》用の？」

「ああ、これですか。明日、ある方の一周忌《いっしゅうき》があるのですが、喪服《もふく》を長くしまっていたのでもう一度クリーニングしようと」

「一周忌に喪服ですか。ひょっとして近い方の？」

「いえ」北室長は首を振った。「ご本人とは何度か顔を合わせたくらいです。その方は漁師をしていたのですが、乗っていた漁船が貨物船に当て逃げされて沈没しましてね。そのまま行方不明となり、今も、遺体は見つかっていません。当時は行方不明ということで、奥様は葬儀も初七日も四十九日もなさらなかったのですが、やっと決心され、その事故から一年となる明日を一周忌として弔《とむら》おうということになりました。それで私が町役場を代表して法要に出ることになったのです」

「そういうことだったのですか。奥様、ずいぶんとお辛《つら》かったでしょうね」

北室長は頷いた。

「そう聞いています。奥様だけでなく、息子さん……確か篤《あつし》君だったかな……彼も大変なショックを受けたようです。篤君は、中学時代は陸上部のエースで、何度も全国大会に出て、南予町のヒーローだったのですよ。お父上も応援していて、篤君が忘れ物なんかした時は、わざわざ軽トラを走らせて届けたこともあるそうです。でも、篤君は事故後、部活もやめてしまったそうです。水産高校でも期待していたそうなのですが」

私は、はっと思い当たった。

「亡くなった方のお名前は、ひょっとして清水さんでは？」

「そうです。ご存じだったのですか」

今朝、自転車に乗っていた男の子だ。

そして、私が漁港あたりを描いた地図に記した三角と丸の記号……清水君とお母さんなんだ……。

私は、水産高校に向から町営バスの話をした。

私の話に真剣に耳を傾《かたむ》けていた北室長は、「それで、一ツ木君が、預かる……ですか」と首を捻《ひね》った。

「はい。何か考えていることがあるようですが」

北室長はにっこりと笑った。

「ともかく、明日は休日ですけど、沢井さんも一緒に、清水さんの一周忌に参列しませんか」

家に戻ってから、晩ご飯を食べる間も、ずっと今日のことを考えていた。

篤君、町営バスの運転手の古葉さんが言っていたように、きまぐれな子なんだろうか。

水産高校に入学したての頃は、お父上の後を継いで漁師になろうとしていたのかもしれない。でも、お父上を事故で亡くした今は、どう考えているのだろう。お母上は、どんなお気持ちなんだろう。

篤君は、一ツ木さんの言う魔の谷に向かっている。これから、どんな選択をするのだろうか。

私は、高校を卒業する前に大きな選択をしたつもりだった。進学するか、就職するか。就職するとしてどこに行こうかと悩んだ。

幸い私の場合は、南予町にはお祖母ちゃんが住んでいて、毎年のお盆や暮れにはずっとこっちで暮らしていた。だから、こっちに移ることに大きな葛藤《かっとう》なんてなかった。

でも、南予町で育った人はどうなのだろう。

高校を卒業して、地元で働く、他の地域で就職する、松山に進学する。地元で職を得る以外は、今までほとんど縁がなかった場所に住むという選択をしなくてはならない。

しかも、南予町に高校はない。高校生は、南予町の外で、その選択を考えることになる。つまり、人生の選択をする場が、そもそも南予町ではないということだ。

南予町はものすごく不利な立場に立っていることになるんじゃないかな。

ただ、なにがなんでも南予町に引き留めるという施策が、本人の幸福に繋《つな》がるかどうかはわからないし……。

なんだか、頭の中でいろいろな考えがぐるぐる廻《まわ》っている。

もう、本当にわけがわからなくなってきた……。

そもそも、私は南予町の町役場に入ってから、南予町の高校生と話したことなんて一度もない。

私は立ち上がると部屋を出た。台所に入り、冷蔵庫に貼ってある町営バスの時刻表を見た。今から出れば、最寄《もよ》りのＪＲ駅から南予町に向かう最終便の到着に間にあう。その便で帰ってくる水産高校の生徒の話が聞ける。清水君は乗っていないだろうけど、彼とは明日、一周忌で会える。

「お祖母ちゃん、ちょっと出るね」

「こんなに遅く？　それに外は雨が降ってるよ」

お祖母ちゃんは目を丸くした。

「大丈夫、一時間ほどで戻るから」

私は、レインコートを着ると、玄関を出て、スクーターに跨がった。

町営バスの駐車場に着いた私は、ほっとした。

良かった、間に合った。まだ、水産高校の生徒たちが乗っているはずの最終バスは、到着していない。

私は、駐車場の隅にバイクを停めた。

声の方を見ると、ポンチョにベトナムの人が被《かぶ》るような笠を深く被った男の人が近づいてきた。顔を見なくても誰かは判る。南予町でこんな変な格好をしているのは一ツ木さんしかいない。

「何しに来たの?」

一ツ木さんは、怪訝《けげん》な目で私を見た。

「水産高校の生徒さんに話を聞こうと思いまして。一ツ木さんこそなぜここに?」

「沢井さんと同じだよ」

へえ……。面倒くさがりの一ツ木さんがねえ。よっぽど魔の谷のこと気になるんだ。

バスが駐車場に入ってきた。

定員は十人かそこらのはずだが、満席に近いようだ。

バスが停まると中から乗客が降りてきた。

あ、水産高校の制服らしきものを着た二人組がいた。

私は、二人に駆け寄った。

「あの、水産高校の生徒さんですよね」

背の高い男の子が「そうですけど」と答えた。

「あなたが、一年の小野出君ね。そして、そちらが三年の船越君かな。私、町役場の沢井といいます。ちょっと町営バスの利用状況の調査をしてるの」

船越君が首を傾《かし》げた。

「それで、僕たちに何か」

「二人とも、通学に町営バスを使っていると思うのだけど、どうして帰りの直通便は乗らないことがあるのかな」

「なんだそんなことですか」船越君が重そうなバッグを肩にかけ直した。「僕は、愛媛大学の農学部を志望しているから、週三回、学校のそばの塾に寄っているんです。南予町には塾も予備校もないし」

そっか……。

この子は、もう南予町を出る決断をしたんだ。

「小野田君は？」

「部活のためです。遅くまで部活やってると学校からの帰りの便では帰れないから」

そうなんだ。

それぞれ、事情があるんだな。

これだと、町営バスの復路便に乗ってくれとは言えない。

「あと、清水君は、どうして時々町営バスに乗らずに自転車通学をするようになったか知ってる？」

船越君は首を振った。

「それ逆ですよ。あいつは時々自転車通学をするようになったんじゃないです。自転車通学だったのに町営バスに乗るようになったんです。あいつ、中学時代、陸上部のエースで、高校でも陸上部に入ってたんです。それで、自主トレで毎日自転車通学をしてました。でも、いろいろあって……」

「お父様のこと？」

「そうです」

船越君は頷いた。

「清水君のお父上のことってなんだ？」

今まで黙って聞いていた一ツ木さんが、口を挟んだ。

私は北室長に聞いたことを一ツ木さんに伝えた。

船越君がため息をついた。

「それからすっかり変わっちゃって……陸上部も辞めるし、自転車通学もあんまりしなくなって町営バスに乗るようになったんです」

そうか……。

「でも、今でも時々は自転車通学してるんだ。やっぱり少しは陸上に未練があるのかな」

「さあ、そんな風には見えないですけど。僕も一度、どうして疲れたり濡れたりするのに自転車通学なんかするのか聞いたことがあるけど、『気分』って言われただけで。お父さんが亡くなってからずっとそんな調子です」

気分か……。

私はため息をついた。

「ともかく、遅い時間なのに協力してくれてありがとう。気をつけて帰ってね」

二人に頭を下げた。

一ツ木さんの方は何の挨拶もなく踵《きびす》を返した。

私は、一ツ木さんの後を追った。

「困りましたね。小野田君も船越君も事情があるから、町営バスの復路便に乗ってくださいなんて言えないです。こうなったら、清水君に『気分』で自転車なんかに乗らずに、毎日バス通学をしてくれって頼みますか」

私の話を聞いているのかいないのか、一ツ木さんは、「明日の天気予報は、『曇りのち昼過ぎから雨』だったな」と呟いた。

「天気予報がどうしました？」

「ネットで過去の天気予報が見つかるかな」

一ツ木さんはじっと前を見ている。

「気象庁のページとかなら、過去のお天気のデータがあるのじゃないですか」

「過去の天気のデータじゃない。過去の天気予報のデータだ」

はあ？

そんなもの調べてどうするんだろ。

聞いてみたいけど、何か考え始めた一ツ木さんに、声をかけられなかった。

それに、こんな表情をしてる時の一ツ木さんに質問しても、どうせ答えてくれないのはこの三ヶ月ほどで判っちゃったからね。

一ツ木さんはすたすたと駐車場から出ていった。

でも、明日は『曇りのち昼過ぎから雨』か。

北室長には、明日、清水さんの一周忌に同行すると答えたけど、雨の日に外に出るのは嫌だな。

私はスクーターに跨がるとため息をついた。

朝方はまだ曇りだったのに、昼過ぎからずっと雨が降っている。

傘を持った私は、空を見上げた。

天気予報通りだ。

雨が苦手な私は、町営バスに乗って清水さんの家に向かった。バスでは喪服を着た何人かの男女と乗り合わせた。

私も略式でなく、正式な喪服を着ている。一周忌だけど、事実上の葬儀ということらしいからだ。

バスを降りると背後から突然、「こんにちは」と声をかけられた。振り返ると、声の主は北室長だった。一ツ木さんも一緒にいる。一ツ木さんは、またポンチョにベトナムの人が使っているような笠を被っている。

「一ツ木さんも?」

「ああ……。清水篤君に会いたいと思ってね」

「町営バスで通学してくれってお願いするためですか」

一ツ木さんは顔をしかめて「違うよ」と言った。

北室長が小さく息を吐いた。

「私の方は、先に奥様と少し話をしていました」

「篤君とは？」

「家にはいませんでした。学校に行ったそうです。お坊さんが来られるまでには帰ると言い残したそうですが」

私は首を捻った。

「父親の一周忌に……それも葬儀と変わらないのに学校ですか。今日は学校も休みのはずですよ」

「まあ、お坊さんが来るまでにはまだ時間があるようです。それで、私はちょっと外に出ていたところ一ツ木君が来て、いろいろと話をしてくれました。沢井さん、昨日は一ツ木君といろいろ調査してくれたようですね。それで、一ツ木君、さっきの話、もう一度、沢井さんに話してくれませんか」

北室長の言葉に一ツ木さんは眉を寄せた。

「もう一度ですか。面倒くさいですよ」

「まあ、そう言わず」

「北さんがそう言うなら……」一ツ木さんは腕を組んだ。「昨日のことから順に話すけど、確か町営バスの古葉さんは、篤君は日焼けが嫌なのかもしれない、だから曇りの日に自転車を漕ぐんじゃないか。それで結果的に、帰りは雨に遭《あ》いやすい……みたいなことを言っていた」

「そうでしたね」

「しかし、雨が降ったのなら自転車を学校に置いて、町営バスで帰ってくるという方法もある。そして、翌朝、また町営バスで登校し、雨の降っていない曇りの日に自転車に乗ればいい。ただ、最初は、南予町で自転車を使う予定があるから、無理に自転車で帰ってきている可能性もあるとも思った。だけど、そうなんだろうか。春から町営バスの運転手になった古葉さんは知らなかったことだろうが、三年の船越君によると、清水君のお父上が亡くなってからずっと、篤君の習慣は変わっていないらしい。今の季節とは違って冬の雨というのは、相当に冷たい。それなのに、篤君は濡れネズミで自転車を漕いでいた。片道二十キロ近い距離をね。篤君が船越君の言った『気分』とかで選ぶ行動じゃない。それに、後で気づいたのだが、濡れネズミっていうのはレインコートを着ている人に使う表現だろうか」

「レインコートを着ないで？」

「そう。調べたのだが、町営バスの水産高校復路の便で、乗客ゼロの日は、天気予報で朝は曇りでも昼や午後から雨と報じている日だけだった。つまり、篤君は、午後から雨という予報を知った上で自転車で出たんだ」

「ひょっとして、一ツ木さんが過去の天気のデータでなく、天気予報のデータを調べていたのって、そういうことだったのですか。でも、篤君はどうして、そんなことを?」

一ツ木さんは私を手招きすると、歩き始めた。

少し歩くと小さな漁港が見えてきた。

個人所有なのだろう、小型の漁船が何艘《なんそう》か雨の中、並んで停泊していた。

その漁港の奥、玄関に提灯《ちょうちん》の下げられた家がある。

このあたりの古い家では、法要の時に大きな提灯を軒先につるす。多分、あそこが清水さんの家なのだろう。喪服を着たお婆さんが家に入っていった。

家の脇に軽のトラックが駐めてあった。荷台には漁具みたいなものが積んである。

「亡くなった清水さんが使っていたものを、まだそのままにしているのでしょうか」

「漁具だけじゃない。さっき車内を覗いてみたけど、助手席のドアのボックスにはレインコートみたいなものが入っていた」一ツ木さんは、軽トラに近づいて、荷台を撫《な》でた。

「北さんの話によると、清水さん、ずいぶん子煩悩《こぼんのう》な父親だったらしいな。あの軽トラで、清水君の忘れ物なんかを届けたこともあるとか。それで、こんな『物語』が頭に浮かんだんだけどね。……水産高校一年の篤君は、毎日、自主トレで学校まで自転車で往復していた。ある日、午後から雨になったので陸上部は練習を早めに切り上げた。いつもより早く帰ることになった篤君は、レインコートを忘れたことに気づいたが、がんばり屋の彼は、雨の中、自転車で南予町に向かった。その途中で、レインコートを持ってきてくれた父親の軽トラに出会い……」

「それで？」

「何日か後、父親は海の事故で行方不明になった。遺体は見つかっていない。だから、篤君、雨の日に自転車を漕いで帰っていたら、ひょっとしてまた父親がと……」

「お父上が？　そんなこと、ありえないのに」

「ありえないのは、本人が一番判っているさ」

一ツ木さんは、苦い声で吐き捨てるように言った。

北室長が頷いた。

「私の話を聞いて、そんな『物語』を思いついてしまった一ツ木君は、篤君に町営バスに乗れとは、言い出しにくくなったのですか」

「まあ、少なくとも『物語』が正しいのかどうか確認してから……とは思っています。ただ、本倉町長は、あの性格です。町営バスの路線の見直しを断行するでしょう。そうなると水産高校の復路便は確実になくなる」

北室長はにっこりと笑った。

「それなら、一ツ木君が、何か町営バスの改革案を考えるというのはどうでしょう。本倉町長が飛びつく上に、路線の見直しなんかすっかり忘れてしまうようなすごい名案を」

北室長の提案に、一ツ木さんは、思いっきり嫌な顔をした。

「……めちゃくちゃ面倒くさいですねえ」一ツ木さんはまたため息をついた。「……でも、まあ……北さんの指示ならやりますよ」

「あ……。篤君、戻ってきたようですよ」

雨の中、レインコートも着ず、びしょ濡れになって自転車を漕ぐ男の子が私たちの脇を通り過ぎていった。

篤君は、家の前に自転車を駐めると、ひどく切なそうな目で軽トラックの運転席と助手席のドアボックスのあたりを見つめた後、家の中に入っていった。

頰《ほお》が濡れていたけど、それが雨だけなのか、そうじゃないのかは判らなかった。

そうか……。

昔の篤君は、私と同じ、雨の嫌いな子だったんだろうな……。だからお父上が……。

篤君に続くように、お坊様が、玄関をくぐっていった。

「どうやら、お坊さんも、お着きになりました。どうです、一ツ木君も私たちと一緒にお焼香《しょうこう》しませんか。篤君に、一ツ木君の『物語』が当たっているのかどうか、確かめる必要はなくなったのかもしれませんが」

「いえ」一ツ木さんは首を振った。「僕、中学生の時に親父を亡くしてから、法事だの法要だのは、本当に面倒くさくなったんです。北さんのお誘いでも、お断わりしますよ」

そう言うと、一ツ木さんは踵を返し、雨の中、歩き始めた。

# 第三話　巫女《みこ》が、四人

お父さん、お母さん！　私は、今日も元気にやってるからねっ！

私は、原付のスクーターをおもいっきり傾《かたむ》けて、カーブを曲がった。スカートが秋の風にはためく。この調子だと、通勤時間の最速記録がでるかも！

もちろん、交通法規は遵守《じゅんしゅ》している。町役場に勤める地方公務員だからね。

暑かった南予町の夏もそろそろ終わり。少し秋の香りを感じる風が気持ちいい。

高校を卒業して親元を離れ一年半、無遅刻・無欠勤で勤めている南予町の町役場が見えてきた。

あれ？　なんか、スポーツカーが町役場の駐車場に駐《と》まってる。クリーム色の地色に茶色のグラデーションがすごく素敵。見たことないけど、来庁者の車かな？

あっ、しまった！

うっかり、スポーツカーに気を取られて、アクセルを緩《ゆる》めちゃった。記録更新はお預けだ……。

私は町役場の駐輪場に、スクーターをすべりこませた。

駐輪場には、先輩で、町長秘書をしている三崎紗菜さんが立っていた。

先輩の紗菜さんは既《すで》に制服姿だ。ただの制服も、美人でスタイルのいい紗菜さんが着るときまっちゃうなあ……。長い髪を秋の風になびかせている姿は、同性の私が見ても、ドキッとしてしまう。

紗菜さんは、愛媛で『ランキングトップクラス』の美人ってだけじゃない。役場に入って右も左も判らなかった私に書類の書き方なんかを優しく指導してくれた。

私は、紗菜さんの傍《そば》にスクーターを寄せた。

「おはようございます。何か、ありました？」

「ううん。特に何かあったわけじゃないけど」紗菜さんは整った眉《まゆ》を寄せた。「……一ツ木さんと、北室長、仲良くしているのかなと思って。結衣ちゃんから見て、どうなのかしら」

紗菜さんは、私が所属している推進室の一ツ木幸士さんに心を寄せていて、時々私に一ツ木さんの様子を聞いてくる。

うーん。

この紗菜さんが、あの、変人で、偏屈《へんくつ》で、人を人と思っていないような傲慢無礼《ごうまんぶれい》・傍若無人《ぼうじゃくぶじん》の一ツ木さんをねえ。人の心って分からないもんだ。確かに一ツ木さんは背も高いし、イケメンと言えなくもない。

「北室長と一ツ木さんは、毎日、将棋ばっかりしてますが、何かあったのですか」

「実はね」紗菜さんは声を落とした。「一ツ木さん、前の町長に勧《すす》められて、この町の行政職の採用試験を受けようとしたの。過去の筆記試験の問題を解いてみたら、全部、満点だったようよ」

「まあ、あの人、頭だけは良いようですから」

「それなのに、臨時の嘱託《しょくたく》職員になったのは、一ツ木さんが採用試験を受けるのを、北室長が強く反対したかららしいの。北室長、一ツ木さんの何が気に入らなかったのかしら」

北耕太郎室長は前町長が作った推進室の責任者で、ちょっと狸《たぬき》に似ている。狸といっても、人を化《ば》かす方じゃなくて、人に騙《だま》される方ね。一緒に仕事していて、なんだかすごく気分が楽になる人。一ツ木さんの正式採用に強く反対するような人には見えないんだけどなあ。

「それで、一ツ木さんと北室長のことを心配しているんですね」

紗菜さんは頷《うなず》いた。

「もし、一ツ木さんが北室長と何かあったら、結衣ちゃんに間に立って欲しいの」

「はあ……」

あいまいに頷いてはみたものの、北室長と一ツ木さんが揉《も》めたら、間違いなく私は北室長につくと思う。

紗菜さんと別れた私は、役場に入ると、ロッカーにスクーターのヘルメットを入れ、推進室に向かった。

廊下で、眉を寄せて歩いている職員とすれ違った。

南予町は過疎《かそ》化が進み、『消滅可能性都市』のリストの最上位グループに属している。それで、最近は、ちょっと町役場の雰囲気《ふんいき》も暗くなりがちだ。

推進室のドアの前に立った私に、中から、「いいかげんにしないと、痛い目に遭《あ》うことになりますよ」という一ツ木さんの声が聞こえた。

えっ？

一ツ木さんの口調は、いつもの通り冷静だ。でも、言っている内容はちょっと穏《おだ》やかじゃない。

私はそっとドアを開けた。

北室長は室長席に座っている。一ツ木さんも自分の席で、手にした本のページをめくっていた。

「痛い目に遭いますかねえ」

北室長は、のんびりとした声で言った。

「後先考えずに相手陣地に攻め込む癖は、本当に直した方がよいと、何度も言ってますが。北さんの飛車《ひしゃ》、もう逃げ道はありません」

な、なんだ。将棋の話だったんだ。

紗菜さんの話を聞いて、ちょっと心配していた私は、ほっとして、肩の力を抜いた。

「おはようございます」

私は、ぺこりと頭を下げた。

「はい。おはようございます」

自分の机の上に置いた将棋盤から目を上げた北室長が微笑《ほほえ》んだ。

一ツ木さんは、挨拶《あいさつ》を返すこともなく、本から目も上げない。

やっぱり、二人が対立したら、私は絶対に北室長につくだろうな。

私は、自分の席に着くと、北室長から命じられている仕事を始めた。住民台帳を参考に、南予町の地図に、住んでいる人を記入することだ。未就学の子供、小学生、中学生、高校生、それ以上の成人、高齢者と後期高齢者、そして『魔の谷』の人……。それぞれ、男女別に違った色で記入していく。

　例えば、私の住んでいる家は、後期高齢者のお祖母《ばあ》ちゃんと、成人女性の私だから、橙《だいだいいろ》色の丸と、赤丸といった具合ね。

　作業の合間に、ちらちらと北室長と一ツ木さんの様子を盗み見た。

　将棋盤を脇によけた北室長は、なにかの書類をのんびりとめくっている。一ツ木さんは、外国語の本に熱中していた。私は、もう、「ドイツ語の本ですか」とは聞かない。「いや、スペイン語の本だ」とか冷たい声で答えられたら頭に来るからだ。

　そうして、昼過ぎまで、二人を観察していた。でも、紗菜さんの心配している不和みたいなものは、少しも感じられなかった。

　五時のチャイムが鳴った。誰の曲かは知らないけど、始業の曲より明るいのは、気のせいじゃないよね。

　足下のバッグを机の上に置いた時に、ドアを開ける音がした。

　大柄で、無精髭《ぶしょうひげ》のおじさんが入ってきた。

「あ、藤本《ふじもと》さん。こんにちは」

　私は頭を下げた。

藤本さんは、ちょっと見には怖いけど、よく見ると目は優しい人だ。しかし、今日はなんだか、深刻そうな雰囲気だ。

「あのう、こんな時間にすみません。ちょっとよろしいでしょうか」

「かまいませんよ」北室長が席を立ち上がった。「どうぞ、そちらにお座り下さい」

藤本さんは、勧められたソファに座り込んだ。

南予町は日本中にある過疎地の例にもれず、都会からの移住者を募集しているが、奥様を亡くされた藤本さんは、前の町長の時代に、娘さんとこの南予町に移住してきた。今は、農業の傍《かたわ》ら、書家というものをしているらしい。よく知らないけど、書家というのは書道のプロなんだそうだ。最近、立て続けに大きな賞をとったそうだ。

「お忙しいところ申し訳ないです」

藤本さんは、頭を下げた。

「この部署は、全然、忙しくないですよ。就業中にもずっと将棋なんかしてますし」

自分の席に座り、本に目をおとしたまま一ツ木さんが応《こた》えた。

いや。そういうこと、一般町民に言っちゃいけないんじゃないかなあ……。

幸い、藤本さんは冗談《じょうだん》と思ったらしく、ハハッと笑い声を上げた。

「それで、ご用件は、なんでしょうか」

ソファに座った北室長が微笑んだ。

「また、旧住民と新々住民とのトラブルです」

藤本さんは真顔に戻った。

前町長の時代に移住した藤本さんたちが「新住民」と呼ばれているのに対して、「新々住民」とは、今の本倉町長が招いた人たちのことだ。古くから住んでいる旧住民と、しょっちゅうトラブルを起こしている。藤本さんは、旧住民と新々住民の間に立って、いろいろと仲介《ちゅうかい》や調停《ちょうてい》をしてくれていると聞いたことがある。

「それで、今回は、どんなトラブルなんでしょうか」

「はあ」藤本さんは、ため息をついた。「消防団の若い衆が、新々住民の尾形《おがた》さんに消防団協力費を払ってくれってお願いにいったら、口論になって押し倒されて怪我《けが》をしたそうです。その場は傍《そば》にいた分団長がなんとか収めたのですが、怪我をした消防団員が、『許せない。警察に訴える』って言い始めて」

「それは、やっかいですね」

「旧住民と新々住民の間のいざこざは、私のような新住民がなんとかしたいと思っているのです。ところが、この前のトラブルで間に入った私のことが気に入らなかったようで、尾形さんは会ってくれなくなりました。力不足ですみません」

「いえいえ。藤本さんのご尽力《じんりよく》にはいつも感謝しております」

北室長は深く頭を下げた。

本を読んでいた一ツ木さんが、「南予町の生活が合わないというのなら、さっさと出ていけばいいいんですよ。役場がかかわることはない」と言った。

それを聞いた藤本さんが、少し悲しそうな目をした。

私はちょっとむっとした。

「私も新住民ですけど、南予町に住んでいる人は、みんな同じ住民じゃないんですか。それに、新々住民を招いたのは役場でしょ。問題があったのならなんとかしないと」

北室長が、にこりと笑った。

「沢井さんの言う通りですねえ。一ツ木君と沢井さん。ちょっと行って、トラブルの調査をしてきて下さい」

一ツ木さんは、肩をすくめたが、「まあ、北さんがおっしゃるなら、行きますが」と腰を上げた。

一ツ木さん、北室長の言うことは素直に聞いている。紗菜さんが心配していたような確《かく》執《しつ》は、本当にあるのかなあ。

「それでは、私の車で尾形さんの所にご案内しましょう」

ソファから立ち上がった藤本さんに、北室長が慌《あわ》てて手を振った。

「いやいや。藤本さんには日頃からご面倒をかけっぱなしです。最近は特にがんばっていただいているようで……。どうぞ、ここからは推進室にお任せ下さい」

藤本さんは、まだ、気に掛かっているようだった。でも、結局、「それでは、お願いします」と一礼して推進室から出ていった。

見送った私に、藤本さんには目もやらずに電話をかけていた一ツ木さんが、「役場の車は出払っているらしいから、僕の車で行こう。沢井さんは玄関に回っていて」と言った。


役場の玄関で待っていた私は、前に停《と》まった車に、一瞬、呆然《ぼうぜん》としてしまった。

「これ、走るの……ですか」

今朝《けさ》、役場の駐車場に、スポーツカーが駐《と》まっていた。あれ、一ツ木さんの車だったんだ。私は駐輪場を利用していて遠目にしか見ていなかったので、かっこいいと思っていたけど、近くで見るととんでもない車だった。

「ひょっとして、これ、一ツ木さんが生まれる前に作られた車とか」

「へえ」一ツ木さんは意外そうな顔をした。「沢井さん、車に詳しいんだ」

いやいや。車に詳しくない人でも、判ると思うよ。

いたるところ塗装が剝《は》がれている。茶色のグラデーションが綺麗《きれい》だなと思っていたけど……錆《さび》だったんだ。知らない人が見たら、駐車場に廃車になった車が不法投棄《ふほうとうき》されていると思うだろうな。

「本っ当に、これ走るのですか」

「車検は通っている」

一ツ木さんはあっさり言った。

うーん。車検通した人は大変だったんじゃないかな……。

私は、嫌々、助手席に座った。

なんかざらざらすると思って手を見たら、錆がびっしりついている。どうやら助手席のドアの把手《とって》についていた錆らしい。

良かったね、紗菜さん。一ツ木さん、助手席に乗せるガールフレンドはいないみたいだよ。

車は、町役場から道路に出た。

ちょっと、ちょっと！　今、車のどこかがミシッて音をたてたよ！　本当に大丈夫なのかな、この車。

「面倒なことになった」

運転席の一ツ木さんは、私の心配なんか気にもしないという感じで口を開いた。

「昔からの住民と新々住民って、よくトラブルを起こしますね」

「今の本倉町長が、考えなしに受け入れたからね。都会の人は『ともかく田舎に行けばなんとかなる』と安易《あんい》な考えで移住を希望する場合がある。『田舎に行けば何か仕事があるだろうから、なんとかなるんじゃないか。自給自足に近い生活をしていればお金がかからないから、貯金が少なくてもなんとかなるんじゃないか。田舎の人は純朴《じゅんぼく》だから、都会で苦労した人間関係もなんとかなるんじゃないか』って」一ツ木さんは、フンと鼻を鳴らした。「でも、とんでもない勘違いだ。なんともならない」

「そうなんですか」

「当たり前だ。田舎は都会以上に仕事が少ない。運良く仕事に就《つ》けても、収入は激減する。自給自足なんて、今の農業や漁業じゃ不可能に近い。なのに国民健康保険料や光熱費はしっかりかかる。車も成人一人に一台ないとひどく不便だが、その維持費はかなりの負担だ。人間関係もそうだ。田舎の人は純朴でいじめがないなんてことは、ない。ここに住んでいるのも、同じ人間なんだ」

「私は新住民ですけど、それほど大変に思ったことはありませんが」

「君は地方公務員で、しかも、お祖母さんと一緒に暮らしているからね。しかし、ここで結婚して子供を育てるつもりなら、いろいろと覚悟しておいた方がいい」一ツ木さんは、頭《かぶり》を振った。「子供を産もうとする。しかし、近くに産婦人科の病院はない。子供が生まれる。子供はしょっちゅう熱なんか出すが、近くに救急病院はない。さらに、子供が進学する時にはまた問題が起こる。地元の学校に進学、そして、ここで就職というのなら別だが、大学に行こうとするとそれなりの進学校に入れる必要がある。だが、この町にそんなものはない。それで子供は、この町から出ていく。もし子供が大学に進学したら、その専門知識を生かせるような職場はここにはない。つまり、子供は帰ってこない。沢井さんは、老後は都会に戻るか、田舎で孤独に暮らすかの選択を迫られる。その時期には、再び、医療の問題が出る。衰《おとろ》えた体に病気が出始める。しかし、この町には大きな病院がない。重い病気になれば、八幡浜か宇和島の病院に頼らざるを得ない。さらに重い病気になった人は、松山まで搬送される。都市部に治療に通うとなると、莫大《ばくだい》な費用がかかる。その時に収入は年金だけだ」

一ツ木さんは冷静な口調で、話し続けた。

「……何か、一ツ木さんの話を聞いていると、夢も希望もないような……」

「今言った問題は公《おおやけ》のものだが、夢や希望は個人の問題だ。だから、田舎に移住して、水を得た魚のように生き生きと活躍する人もいる。書家の藤本さんなんかはそうだ。しかし、藤本さんは都会にいてもきっと成功した人だろう。都会で生きていく力のない人が、田舎で生きていけるわけがない。特に最近、藤本さんは、旧住民と新々住民の仲をとりもとうと、必死になっているようだけど、結果はどうかな」

私はなんとか反論しようとした。

「でも、新住民の人は、けっこううまくやってますよ」

「それはね、前の町長が、移住の希望者と事前に何度も面接したからなんだ。南予町に移住した後で、『こんなはずじゃなかった』って結果にならないように。それで、最終的に移住を勧めたのは希望者二十組に一組くらいだった。一年に一家族が精一杯。そして、町長は、仕事も斡旋《あっせん》した。それでも、学校と病院の問題はなんともならなかった。今は、本倉町長がうまいことを言って集めてくるから、移住者はそこそこ来るけど、トラブルは増えた。ひと月もしないうちに、都会に戻った人もいる。旧住民も、移住制度には不信感を持つようになってしまった」

「テレビなんかでは、地方に移住して幸せになった家族が、よく出ているのに……」

私の反論は尻切れトンボになってしまった。

「田舎でインタビューを受けている人は、ある程度の成功者なんだ。失敗した人は、もうそこにはいない」

一ツ木さんは、淡々《たんたん》と答える。でも、私はすっかり暗い気分になった。

「消防団とトラブルのあった尾形さんが住む地区に入ったな」

山際に稲刈り前の田んぼが広がっている。昔ながらの案山子《かかし》が立っていた。

「素敵なところですね」

一ツ木さんは、また頭を振った。

「この地区には困ったものだ」

「えっ？　問題があるんですか、この地区。紗菜さんが住んでる集落ですけど」

「それ誰？」

「町長秘書の三崎紗菜さんですよ。前に、古道で花見を一緒にしたじゃないですか」

「ああ……いたね、そんな人」

「紗菜さんのお父さん、この地区の神社の神主《かんぬし》さんなんですけど、この地区の何が問題なんですか」

「えっ？　紗菜さんって人、神主さんの家系なの？　それは、是非《ぜひ》、いろいろと話を聞きたいな」

うーん……そこに食いつくんだ……。

ホント、一ツ木さんって訳《わけ》が判らない。

いやいや、そんなことじゃない。

「ですから、この地区の何が問題なんですか」

「ああ……。沢井さん、ここのところ毎日、地図に住民属性を記入していただろ。この地区についてどう思った？」

私は、北室長の指示で作っている地図を思い浮かべた。

「えっと、住民は少ないです。空き家が多かったような」

「そう。南予町でも一番人口が減っている場所なんだ。だから、その場所に新住民や新々住民を移住させた。藤本さんも住んでいる」

「じゃあ、トラブルも多い場所？」

「そう」運転をしていた一ツ木さんが顎《あご》で前を示した。「あれが尾形さんちだな」

尾形さんは、移住してくる人のために南予町が提供した家に住んでいる。たいていは、空き家だった古い家だが、都会の人にも住みやすいように町の予算で台所やトイレをリフォームしてある。

「新しく南予町に移住する人は家を格安で借りられるが、そういう優遇策は旧住民に反感を持たれることもある」

一ツ木さんは、尾形さんちの隣の空き地に車を停めた。

車を降りた私は、尾形家の玄関の前に立った。

その脇には、原付バイクが駐まっていた。一ツ木さんの車に劣《おと》らず錆だらけだ。

「六八年型ホンダ・カブか……。悪くない趣味だ」

ああ……一ツ木さんと同じ趣味だなんて……とてもよくない予感がする。

「こんにちは」

私は、玄関に声をかけた。

しばらくして、がらりと戸が開いた。

「誰だ」

気むずかしそうなおじさんが顔を出した。

どうせ、一ツ木さんはまともな挨拶もしないだろうから、私が頭を下げた。

「尾形さんですね？　私は、町役場、推進室の沢井です。こっちは同じ部署の一ツ木です」

「何の用だ？」

「この地区の消防団と、何か揉め事があったと聞きまして」

「ああ。消防団に入れ、嫌なら消防団協力費を納めろって、何度も来た。最後は、分団長とかいう男まで来て圧力をかけようとしたから頭にきて、突きとばしてやった」

「はあ。でも、南予町は消防本部から遠いですから、いろいろな防災業務を、住民ボランティアの消防団が担《にな》っているんです」

「ボランティア？　それじゃあ、消防団協力費って何だ？　そんなもの俺のいた都会じゃ払ったことはない。他にも、訳の判らない集金が次々に来る。水路整備費なんて、農業っていない俺に何の関係がある？　道路整備費？　道路整備は行政の仕事じゃないか。そのために税金を払っている。うちの息子は大学生で、東京に下宿している。娘も今年、中学校に入った。これからは、教育に金がかかるんだよ。くだらん自治会費や水路整備費やら、消防団協力費や、道路整備費なんか払えるか」

「都会の自治会費は年に千円くらいですけど、ここらだと毎月千円ですからねえ」

今まで黙っていた一ツ木さんがぼそりと言った。

ちょっとちょっと。余計なことは言わないで欲しい。

「どうせ、集金した金は、田舎のボスどもの飲み食いにでも使われているんだろ」

尾形さんは、吐き捨てた。

「確かに一ツ木の言う通り、都会に較《くら》べれば、集落を維持するために集めるお金は、少し高いかもしれません。でも、ボスの飲食費に使われているというのは、南予町ではあり得ないです。前町長が、きちんと会計処理するように改めましたし、払うお金もずいぶん下げたんです」

「少なくなろうが、どうしようが、納得できないものは払わん。第一、こんな金がかかるなんて、本倉町長から一言も聞いていない。あいつ、うまいことばかり言いやがって」

うーん。確かにあの町長ではなあ。

「でも、暴力に訴えるのはどうかと。ともかく、消防団のお話も聞いて、なんとか警察に訴えるとかは、なしにしてもらうように努力してみますが」

「余計なお世話だ！　訴えると言うのなら、訴えたらいい！」

尾形さんはそう言うと、ぴしゃりと玄関の戸を閉めた。

一ツ木さんは、「どうしようもないな」というように肩をすくめた。

「ともかく、突き飛ばされた消防団員の所に行きましょう。なんとか穏便《おんびん》にすませたいです」

「仕事が終わった今の時間なら、消防分団屯所《とんしょ》の方にいるかもしれない。僕は残業はしない主義なんだが、北さんの指示でもあるし、藤本さんに頼まれたことでもあるから行くとしようか」

一ツ木さんは車の方に歩き始めた。

「藤本さんと何かあったんですか」

「うん。有名な書家がいるって前町長から聞いたので、家を訪ねていって書について聞いたんだ。実際に書いて貰《もら》ったりしながら説明を受けたから、丸一日で書の歴史の概要が解った」

ええっ!?　農業しながら書道をやってる忙しい藤本さんに、丸一日講義させたんだ。それって、すごい迷惑だったんじゃないかな。

「じゃあ、行こうか」

一ツ木さんは、錆だらけの車のドアを開けた。


車を消防分団屯所の前に停めた。

小型の消防ポンプ車を入れてある倉庫の隣に、六畳ほどの広さのプレハブが建っている。窓から、ちょっと覗《のぞ》いてみると、消防作業服を着た五、六人の消防団の人たちがいた。

消防団の人といっても、こんな田舎だと、みんなけっこう歳をとっている。まあ、南予町だと、青年団の平均年齢も五十歳超えているし……。でも、ここに集まっている団員の中に、すごく若い人もいた。

あれ？　頭に包帯を巻いているあの若い人、テッちゃんじゃない？　負けん気の強そうな眉……やっぱり、夏休みや正月で、私がお祖母ちゃんの家に帰省していた時に、神社や河原《かわら》でよく遊んだテッちゃんこと菊田鉄雄《きくたてつお》君だ。子供の頃、火遊びで自宅の納屋《なや》を焼いちゃったって聞いたけど、消防団に入ったんだ。

包帯巻いているってことは、尾形さんに突き飛ばされたのはテッちゃん?

「入るの?」

一ツ木さんの言葉に、私は我に返った。

もう一度中を見た。

消防団の分団長が、深刻そうな表情で、腕を組んでいた。

ああ……。ここも、なんか、よくない雰囲気……。

「こんにちは」

私は、そっとドアを開いた。

「ああ。町役場の沢井さんか。いらはい」と、分団長が組んでいた腕を解いた。「お祖母さんはお元気?」

「ありがとうございます。元気です。テッちゃんも、お久しぶり」

「それで結衣ちゃん、何の用?」

テッちゃんが怪訝《けげん》そうな目で私を見た。

「尾形さんの件でご相談に。あの、お互い穏やかに話し合って、警察に訴えるとかいうことは、なしにしていただけないかなあ、なんて」

分団長が首を振った。

「テツは、頭を五針縫《ぬ》った。うちの若い者が怪我をさせられて、黙って引き下がるわけにはいかない」

「テッちゃん……」

私はすがる思いでテッちゃんを見た。

テッちゃんが、チッと舌を鳴らした。

「怪我なんかどうでもいい。それよりも、俺たちの消防団を強請集《ゆすりたか》り呼ばわりされたことが許せない」

分団長が頷いた。

「一般の団員が町役場から貰ってる金なんて、出動がなければ年に二万円もない。なのに講習や訓練は年に何十日もある。みんな、自分たちの仕事があるのに、なんとかやりくりして消防団に参加している。装備品なんかは町役場が出してくれるが、細々《こまごま》したものに金はかかる。それを協力費でまかなっている。盆、暮れの年二回、分団屯所で開く飲み会だってつまみは自前だ。協力費から出ているのはビール代だけだ。これだけ地域のために働いて、ビール代くらいで強請集り呼ばわりされる謂《いわ》れはない」

「まあ、法律には、協力費をビール代に使っていいなんて書いてませんけどね」

一ツ木さんがぼそりと言った。

ああ……。一ツ木さんは、黙っていて欲しい。

分団長が一ツ木さんを睨《にら》みつけたので、私は慌てて「それで、みなさん、集まっていたんですか」と聞いた。

「そういうことだ。あとは、まあ、くだらない怪談話とかだ」

「その話、聞きたいです」

なんとか話題を変えたくて、分団長の言葉に飛びついた。

「尾形の件で、昨夜もうちの団員が五人ばかり屯所に集まって話し合っていたそうだ。その帰りに公民館の側を通ったらしい」

分団長は顎で窓の外を指した。

この地区の公民館が見えた。

日はとっくに落ちているので、判ったのは公民館の輪郭だけだった。

テッちゃんが、分団長の話を継いだ。

「公民館の前を歩いていた時、俺はなんとなく窓から覗いたんだ。あたりはかなり暗くなっていたけど、公民館は明かりがついていたから、中はよく見えた。神主の三崎さんの指導で、巫女《みこ》さんたちが秋祭りの舞いの練習をしていた」

一ツ木さんが身を乗り出した。

「舞い？　ここの秋祭りの神楽《かぐら》で舞うやつか。確か、室町時代のままの形態を守っていると聞いている。非常に興味があったが、去年、ひどい食中毒にかかって、見逃した」

私はため息をついた。

一ツ木さん、こういう話題には、食いつくんだから……。

「その舞い、私も子供の頃に何度か見ています。こっちでできた友だちが巫女さんに選ばれた時は、羨《うらや》ましかったのを覚えています。その舞いの練習がどうしたのですか」

脱線しかかった話を強引に元に戻した。

「窓からちらっと見たら、巫女の舞いをしているの、四人だったんだ。『あれ？』っと思って。秋祭りで踊るのって、三人に決まっているのに」

今まで黙っていた団員の一人が口を開いた。確か、佐藤《さとう》さんっていう、普段は製材所で働いている人だ。

「俺たち『一人、補欠で練習しているのかな』って言いながら通り過ぎたんだ。今年は、俺の小六の娘が巫女の一人だったから、聞いてみたら、『ずっと三人で練習してた』って言われた。そんな馬鹿なって、三崎さんに電話して聞いてみたら、やっぱり、『ずっと三人だった』って……。通り過ぎただけでしっかり見ていたわけじゃないから誰が誰かは判らなかったけど、確かに、四人が舞っていた。……巫女さんは四人いたよな」

佐藤さんは、テッちゃんに言った。

「いた」

「じゃあ、俺たちに見えていたもう一人は誰だったんだろうって話をしてたんだ」

佐藤さんは、ぶるっと体を震わせた。

「巫女の舞いは、三人か」一ツ木さんが呟《つぶや》くように言った。「巫女が舞う場合、一人や、二人、もしくは三人という場合は多いが、四人というのを僕はあまり見たことがないな。京都大学の有名な数学の教授が、『4という数字は転がりやすい数字だ』と昔、言っていた。何か関係があるのかな」

いやいや。一ツ木さんは、本当に、黙っててよ!

「でも、そんなことがあるんでしょうか」

私の言葉に分団長が唸《うな》った。

「こいつらは短気だが、嘘《うそ》はつかん」

「三人の巫女って誰ですか」

　佐藤さんが答えた。

「今年は、三崎さんの下の娘さん、新住民の藤本さんのとこの娘さん、それと俺の娘」

「その四人の巫女を見たのは、いつのことですか」

「今くらい。日が落ちてしばらくしてからだ」

　テッちゃんが、窓の外を見ながら言った。

「黄昏時《たそがれどき》か」

　一ツ木さんがぽつりと言った。

「黄昏時？」

「『たそがれ』っていうのは、『あの人は誰？』って意味だ。黄昏時には、この世の者ではないモノと出会うんだ」

　その言葉に、団員たちは顔を見合わせた。

　一ツ木さんは眉をひそめ、「冗談に決まっているでしょう」と言った。

　いやいや。今のは、冗談か本気か判らなかったよ。

　ぽっと公民館の明かりが灯った。

「巫女の舞いの練習が始まるみたいだ」

　佐藤さんが言った。

「面白いな。公民館に行ってみよう」

一ツ木さんは立ち上がると、すたすたと屯所から出ていった。

私は、慌てて一ツ木さんを追った。

外は、もう、ずいぶんと暗くなっている。

遅れて一人歩くのは怖かったので、小走りに駆けて、一ツ木さんに追いついた。

もし、私にも四人目が見えたらどうしよう……。

公民館には、そっと近づきたいのに、一ツ木さんはとっとと歩いている。

公民館の窓がはっきり見えてきた。

恐る恐る、一ツ木さんの肩越しに窓の中を見た。

神主の三崎さんの前には、小学生の女の子が、一人、二人、三人……。良かった！　三人だ！

練習なので、女の子たちは、巫女の衣装は着ていないし、お化粧もしていない。みんな、小学校の体操服姿だった。女の子たちのうち、一人は知っている。紗菜さんの歳の離れた妹さん。やっぱり、紗菜さんに似ている。大きくなったら、すごい美人になるね。

玄関で靴を脱いだ一ツ木さんは、巫女さんたちのいる部屋の前に立ち、「ちょっと失礼します」と言うと、返事も待たずにドアを開けた。

しかたなく私も後につづいた。

「ああ、沢井さんところの結衣ちゃん。いらはい」神主の三崎さんがにっこりと笑った。

「お祖母様はご健勝かな」

「はい。おかげさまで」

三崎さん、ロマンスグレーの髪がダンディだなあ。やっぱり、紗菜さんのお父上だけのことはある。

「そちらの方は？」

三崎さんが首を傾《かし》げた。

「僕は、町役場の一ツ木といいます。実は、消防団の人たちが、昨夜、窓からここを覗いた際に、三人で舞っているはずの巫女さんが、四人見えたって言っていまして」

三崎さんが眉を寄せた。

「また、その話ですか。昨夜、この子らは、確かに三人で練習していました」

「三人だったの？」

一ツ木さんが、紗菜さんの妹さんに聞いた。

「巫女の舞いは三人です」

紗菜さんの妹がきっぱりと言った。

他の二人の子も頷いた。

一人は、紗菜さんの妹さんに劣らない可愛《かわい》い子だ。多分、藤本さんの娘さんだ。優しそうな目がちょっと似ている。

もう一人のショートカットの子は、消防団員の佐藤さんの娘さんだろう。この子もけっこう可愛い。今年の巫女の舞いはずいぶんと華やかになるな。

「巫女さんは、毎年、小学六年生の女の子から選ばれているんです。今年は、この地区には、三人しかいないから、補欠の巫女さんが練習しているということもありえないです」

北室長から指示された地図作りで、住民の構成をばっちり把握している私は、おおいばりで一ツ木さんに説明した。

「たくさんいても、補欠なんかとりませんよ」三崎さんは私の言葉に穏やかに首を振った。「うちの祭りは、頑《かたく》なと言ってもいいほど、室町時代以来の古式を守っています。何もかも当時のままなのです。その伝統で、うちの巫女に『補欠』という考えはないのです。幸い、今まで問題はなかったようですが、このまま住民が減っていくと、どうなるか」

一ツ木さんが、「確かに巫女さんはみんな健康そうで、補欠なんて不必要のようですね。でも、食中毒にかかって舞えなくなるというようなことがなければいいですけど」と言った。

不吉《ふきつ》なことを……。それにしても、一ツ木さん、去年の食中毒にこだわってる。よっぽど辛《つら》かったんだろうな……。何食べたんだろ。

「私も、病気にかかったりしないようにと願ってます」三崎さんは頷いた。「ただ、これは神事です。それで、『いないはずの巫女が見えた』などというような怪談じみた噂《うわさ》を広めないように消防団の人には言ったのです。しかし、沢井さんたちには、喋《しゃべ》ってしまったようですね。改めて念を押しておかないと。沢井さんたちもそのおつもりで」

「はい」

私は三崎さんたちに丁寧《ていねい》にお礼を言うと、一ツ木さんと公民館の外に出た。

「一ツ木さん、四人目の巫女って、やっぱり消防団の人たちの見間違いではないですか」

「五人が、全員？」

何かを考え込んでいた一ツ木さんは、上《うわ》の空《そら》という感じで私に答えた。

「でも、紗菜さんの妹さんが嘘を言っているようには見えなかったですけど」

「僕もそう思う。あの子は嘘をついていない」

「それじゃあ、やっぱり四人目の巫女は、この世のものじゃ……」

二の腕に鳥肌が立ち、言葉に詰まった。

一ツ木さんも、何も言わない。

暗い道を、黙ったまま歩いていると、よけいなことを考えてしまってどんどん怖くなる。

分団屯所に戻った私は、テッちゃんから「どうだった？」と聞かれた。

「やっぱり私には、巫女は三人しか見えなかったよ。ただ、三崎さん、ちょっと怒っていたみたい。大切にしている祭りに妙な噂が立たないように、このことは消防団の人には口止めしていたはずだって」

消防団員たちは気まずそうに、お互いの顔を見合った。

「それは、申し訳なかった。お前ら、もうこの話はするんじゃないぞ」

分団長が団員たちに言い渡した。

「それから、さっきの尾形さんの件ですが、やっぱり、警察に訴えるのは、しばらく待っていただけませんか。祭りの前にごたごたが続くと良くないと思うんです」

分団長は唸った。

「確かに、俺たちも祭りの準備で忙しいからな。消防団の団員は、祭りの準備をする青年団員も兼ねている場合が殆《ほとん》どだから。どうだ、テツ」

「祭りが終わるまでですよ」

テッちゃんは、しぶしぶという感じで頷いた。

良かった。ちょっと余裕ができた。単なる時間稼ぎかもしれないけど。

屯所を出た私と一ツ木さんは、車に乗った。

一ツ木さんは、戻った屯所で一言も喋らなかった。一ツ木さんが何か口にする度にひやひやするが、何も喋らないっていうのも気になる。

「一ツ木さん、さっきからどうかしたのですか」

「明日、役場は休ませてもらう。北さんにそう伝えておいてくれ」

「何かあるんですか」

「内子町《うちこちょう》に行ってくる」

内子町？

内子町は南予町の北の方にあり、歴史を感じさせる町だ。古い建物や蔵をきちんと保存している。それ目当てに訪れる観光客も多い。伝統工芸の盛んな一方、最近は、新しい職人さんや工芸家も集まっているらしい。私のスマホに付けているストラップのトンボ玉も内子町で買った。

「内子町に何か用事でも？」

「大洲和紙《おおずわし》を買う。間に合うかどうか判らないが」

ひどく切迫した声だった。

大洲和紙？

大洲和紙は、内子町のあたりで作られている和紙で、なんでも平安時代から作り続けられているらしい。

間に合うかどうかって、どういうことだろう。

でも、一ツ木さんの、何か、ひどく寂《さび》しそうな横顔に、私は話しかけられなかった。こんな一ツ木さんは初めてだった。

尾形さんちと消防分団屯所に行ってから、三週間がたった。

尾形さんと消防団の和解策も、四人目の巫女のことも全然判っていない。

消防団の中では、四人目の巫女は、巫女になれなくて死んだ女の子の霊なんじゃないか、なんて話になっているらしい。幸い、神主の三崎さんと分団長が堅く口止めしているので、噂が広まってはいないようだ。

問題は、消防団と尾形さんの諍《いさか》いだ。尾形さんとテッちゃんの頑なな態度は変わっていない。祭りまであと二週間。祭りが終われば、テッちゃんは尾形さんを警察に訴えるだろう。

私は、ため息をついて、推進室のドアを開けた。

北室長が電話をとっていた。

「判りました。本当に素晴らしいことです。ご成功とご健康をお祈りしております」

そういうと、北室長は受話器を置いた。

「何か、お祝い事ですか」

北室長は、複雑な表情を浮かべた。

「書家の藤本さん、この町から出ることになったようです」

「えっ？　藤本さん、南予町を気に入っていたんじゃないですか」

「アメリカの大学の日本研究センターが、藤本さんを教授として招きたいと前からアプローチしていたらしいのです。藤本さんはずいぶん悩んでおられたそうですが、日本の書を外国に広めるためにと決心したようです。一週間後に娘さんと共に出国されると」

「なぜ今まで黙っていたのですか」

「娘さんが、『大好きな人たちと、最後まで普通にすごしていたい』と、藤本さんに口止めしたらしいですよ」

そうなんだ……。

あの年頃の娘さんにとって、せっかくできた友だちと離れることは、とても辛いだろうな。

一ツ木さんが読んでいた本から目を上げた。

「ともかく、餞別《せんべつ》の大洲和紙が間に合って良かった。昨日、内子の紙漉《かみす》き職人からできたという連絡が来たので、藤本さんのところに持っていくことができました」

「ほう」北室長が身を乗り出した。「書家に紙の餞別とは素晴らしいですね」

「内子の紙漉き職人に藤本さんの書を見せました。『これを書いた書家が面白がるような紙を漉いて下さい』って、頼んだんです。その職人は一時間くらい、じっと書を見つめた後で、『やってみましょう』と引き受けてくれました」

「それで藤本さんはどうでした」

「僕が渡した紙をやっぱり一時間くらい見つめて、『面白い』と言ってくれました。漉きたての紙は書には向きませんから何年かは寝かせないといけないそうですが、時が来たら、その大洲和紙に挑戦するそうです」

「職人さんと藤本さん、互いの作品を見ながら、どんなことを思っていたのでしょうね」

一ツ木さんは首を振った。

「超一級の職人と、超一流の芸術家の戦いの内容なんて、僕に判るはずがないです」

「それは、そうなんでしょうねえ」

北室長は感心しているようだけど、私には疑問だらけだ。

「一ツ木さん、大洲和紙を注文したのって、三週間も前ですよね。藤本さんがアメリカに行くことを知らされていたのですか」

「いや、聞いていないよ。ただ、こんなことになるだろうとは思った」

「どうして？」

「どうしてって……。君は三週間前に判らなかったのか。藤本さんの娘さんが祭りの巫女ができなくなるって」

「そんなこと、判るはずないです。それに、祭りの巫女はどうなるのですか。巫女の舞いは、二週間やそこらの練習でできるようなものじゃないですよ」

「四人目がいるじゃないか」

「四人目ってどういうことです？」

一ツ木さんは、「説明するの、面倒くさいなあ」とため息をついた。

「まあまあ、そう言わずに。私も是非《ぜひ》、聞きたいです」

北室長が助け船を出してくれた。

いつものように本に目を落とすと、一ツ木さんはぼそぼそと話し始めた。

「まず、巫女の舞いの練習だ。最初は、藤本さんの娘さん、三崎さんの娘さん、そして、消防団員の佐藤さんの娘さんの三人で練習していたんだ。ところが、藤本さんの娘さんは南予町を離れることになった。さすがに祭りの迷惑になるかもしれないから、藤本さんの娘さんは、三崎さんと巫女仲間だけには相談したんだろう。そこで、代わりになる四人目の巫女さんの登場だ」

「四人目の巫女って誰ですか」

「尾形さんの娘さんだよ」

「でも、尾形さんの娘さんって、確か今年、中学校一年生でしたよ。巫女になれるのは小学校六年生だけでしょ。尾形さんの娘さんには巫女になる資格がありません」

一ツ木さんはフンと鼻を鳴らした。

「それは君の勘違いだ。多分、君の友だちが巫女に選ばれたときに、小学校六年生だけだったから、そう思ったのかもしれないが。室町時代の伝統を頑なに守っている神楽が、明治時代に作られた『学年』なんて基準で巫女を選んでいるわけがない」

「それじゃあ」

「数え年だよ。数えで十三歳の子の中から巫女になる子を選んでいるんだ。尾形さんの娘さんは、おおかた早生まれなんだろうな。でも、君の勘違いのおかげで、神主の三崎さんも巫女さんたちも真実を隠していることが判った。君が『巫女は小学校六年生から選ばれている』って言った時、誰も君の勘違いを訂正しなかっただろ。四人目がいるかもという僕たちの疑念を消すためにだ」

「でも、三崎さんの娘さんは、『あの晩、舞っていたのは三人だった』って証言したのに、一ツ木さんは、『あの子は嘘をついていない』って言いましたよ」

一ツ木さんは、やれやれと言うように頭を振った。

「違うよ。あの子は、あの時、『巫女の舞いは三人です』と言った。つまり『神楽の巫女は、三人で舞うしきたりだ』って言ったんだ。君の言うとおり、あの子は嘘がつけない性格なんだろうね。とっさに、その晩の練習のことではなく、本番の舞いのことに一般化して話をずらしたんだ。正直な上に頭の良い子だ」

「神主の三崎さん、『うちの巫女に「補欠」という考えはない』とも言っていたのに」

「それも本当だ。尾形さんの娘さんが入ったのは交替だし、交替してからも練習を続けた藤本さんの娘さんには本番はないのだから、補欠とは言わない。ともかく、消防団員にばれそうになったので、次の日、三崎さんは、尾形さんの娘さんの練習を一時、中止させたようだけどね」

「でも、それだけで藤本さんが南予町を出ていくって結論を出したのですか」

「もし、祭りの日に藤本さんの家が旅行に行くなどの理由で巫女さんを交替するのなら、三崎さんは、それを町の人に隠したりしないだろう。それで、僕は、多分これは、藤本さんにとって、いずれ判ることだとしても、しばらくは知られたくないことなのだと推測した。そして、藤本さんのここ最近の尽力……。藤本さんは、南予町を出る前に、自分を迎えてくれた住民に恩返ししようと思っていたんじゃないかな」

一ツ木さんは、また少し寂しそうな表情を浮かべた。

「藤本さんの娘さん、本番がないのに、練習を続けたんだ……」

「北さんが話していただろ。あの子は、『大好きな人たちと、最後まで普通にすごしていたい』と言ってたと」

北室長がほっと息をはいた。

「せめて、巫女の舞いの練習が、南予町での良い思い出の一つになってくれるといいですね」

秋祭りの日になった。

なんだか、朝から町が浮かれているような気がする。

こんなところ、田舎の祭りはいいなあって思う。

一ツ木さんは、朝、「今日は有休」って電話の一言だけで、役場に出てこない。

こんなところ、一ツ木さんはどうかなあって思う。

定時に町役場を出た私は、家に戻って夕食とお風呂を済ませると、もう一度スクーターに乗って三崎さんが神主をしている神社に向かった。

もうすっかり秋の気配で、気持ちがいい。今年はちょっと遅れ気味の彼岸花《ひがんばな》が、夕闇の中、あぜ道一杯に咲いている。

神社の側の空き地にスクーターを駐めた私は、参道に入った。

人でいっぱいになる松山の『椿《つばき》祭り』は華やかで楽しい。でも、暗い中、ぽつりぽつりと露店の裸電球に照らされる南予町の秋祭りも趣《おもむき》があって素敵だと思う。その露店は、町の商工会議所とか、青年団とか、消防団とか、町内会とかが出しているものだ。

あれ？　なんか、前を歩いている、ひょろっと背の高い人の後ろ姿に見覚えがある。

一ツ木さんだ……。

でも、なんであんなに左右にふらふらしながら歩いているのかな。また、食中毒とか？

「一ツ木さん、こんばんは」

私は、一ツ木さんに声をかけた。

「なんだ。沢井さんか」

「一緒に上りません？」

神社の本殿は、山の中腹にある。石段を二百段くらい上らないといけない。一人だとかなりきつい。話し相手がいれば、それが一ツ木さんでも、少しは気が紛《まぎ》れるかもしれない。

私は、返事を待たずに一ツ木さんと一緒に石段を上り始めた。

ふと、三崎紗菜さんの言葉を思い出した。

「一ツ木さん、北さんのことをどう思ってます」

「どうって？　上司だと思っているけど」

「そうですか」

話し始めたのは私なのに、次に口にする言葉が浮かばなくなった。

一ツ木さんは、鼻で笑った。

「言いよどんでいるということは、ひょっとして、北さんが僕の正式採用に大反対して、臨時雇いの嘱託職員にしたというような噂でも聞いた？」

うわ。見抜かれた。

一ツ木さんのこういう鋭《するど》さって嫌いだ。

「はい。それで、北さんと一ツ木さんとの間に何かわだかまりがあるんじゃないかって、心配している人がいて」

「馬鹿馬鹿しい。北さんが、僕が正規の職員になるのに反対したのは事実だ。でも、北さんには考えがあってのことだ」

「考えってなんです？」

「南予町の主要な産業は、農業、林業、水産業。そして、もう一つ、公務員業というのがある。仕事の少ない地方では、公務員は、あこがれの職業だ。もし、そこに、僕のような町に縁もゆかりもない余所者《よそもの》が来て、いきなり正規の職員になったらどうだろう。いわれのない反発を受ける可能性が高い。そう考えて北さんは、僕を臨時雇いの嘱託職員にした。前町長も判っていたことなんだろうが、ご自分の寿命《じゆみよう》があと僅《わず》かなのに気づかれていたのだろうか、少し急ぎすぎた」

そうだったんだ……。

「でも、私も余所者ですけど、嫌がらせみたいなもの受けたことないです」

一ツ木さんはまた馬鹿にしたように笑った。

「本当に君は鈍《にぶ》いな。沢井さんの場合は全然違う。幼い時から、長期の休みの度に帰省して南予町にいたんだろ？」

「はい。夏休みも冬休みも祖母の家にずっといました」

「そして、この町の子供たちと遊んだんじゃないか？　テッちゃんとかいう人たちと。その人たちが今、この町の若手となり、活躍を始めた。それから、沢井さんのお祖母様だ。世話好きの人で、ずいぶんと町の人の面倒を見たようだね。その時、お祖母様にかわいがられた子供たちが、今、この町の実力者になっている。彼らにとって、沢井さんは恩人の大切なお孫さんというわけだ。もちろん、沢井さんが採用試験で抜群の成績をあげたことと、面接で面接官の好印象をとったことは、君の実力だ」

へえ、一ツ木さん、私のこと誉めてくれた。一ツ木さんってホントはちょっといい人なのかな。

「でも、採用試験とか、面接の結果とかの人事資料って極秘で、厳重に管理されているんじゃないですか。なぜ、一ツ木さんが私の採用試験の結果を知っているんですか」

「僕に、極秘とか、厳重管理なんて通用しないよ」

うわ。やっぱり、なんか、一ツ木さんって、うさんくさい人だ。一ツ木さんが嘱託職員の面接通ったのは奇跡だよ。

「田舎に移住するって、本当に大変なことなんですね」

「ああ。沢井さんの場合は、信じられないほどラッキーだった。普通、田舎に移住する前には、綿密な調査と準備計画が必要だ。移住してからは、周囲に対する細やかな配慮も必要だ。それに、ある種の鈍感《どんかん》さも」

「鈍感さ?」

「そう。君が持っているような鈍感さ」

それってどういう意味ですかと聞こうとした時に、石段が終わった。

神社の境内《けいだい》には、いくつもの提灯《ちょうちん》が吊るされている。本殿と参道がその明かりに浮かび上がっていた。

普段とは全然違う雰囲気に、私はうっとりとなった。

「沢井さんと話していたおかげで、少し遅れた。急いで」

一ツ木さんが歩みを早めた。

ちょうど、本殿で、神楽が始まった。

地元のおじさんたちが、このあたりの伝承とかを再現する舞いを行なっている。

「素晴らしい。こんな古式ゆかしい神楽は、めったに見られるものじゃない」

一ツ木さんは、舞いに見入っている。

その舞いを、代々、祭りを支えてきた家々の人たちが取り囲んでいる。

「あそこに座る人は、一晩、神と共に飲食をするんだそうだ。悔しいことに新参者の僕にはその資格がない」

一ツ木さんは、心底、残念そうな声で言った。

そして、三人の巫女が現われた。

巫女たちは、しずしずと進むと、舞いを始めた。

ゆっくりとした動きが繰り返される。それを見ているうちに、境内全体の空気が浄化されていくような気がした。なんだか、すごく高い山の山頂にいるみたい。

さっきまで、騒がしかった境内がしんとしている。その中で、巫女の振る鈴の音だけが響いている。

私は、時を忘れて巫女の舞いに見入った。

突然、空に漂《ただよ》っていた羽衣《はごろも》がふっと地面に落ちるように、舞いは終わった。

巫女たちは、現われた時と同じように、静かに本殿の奥に消えた。

私は、はっと我に返った。

舞いは、五分くらいだったんだろうか、それとも一時間も続いていたんだろうか。それすら判らなくなっていた。

「この地区から人がいなくなったら、あの舞いも、丸ごと消えるんだな」

一ツ木さんは、大きなため息をついた。

舞いを見守る人たちの中に、消防団のテッちゃんの姿が見えた。この前会った時は消防作業服を着ていたけど、お祭りのためだろうか、伝統的な消防団の袢纏《はんてん》を羽織《はお》っている。

テッちゃんは、とっくに取れた包帯のかわりに、粋な柄の手ぬぐいを頭に巻いているが、まだ口を開けて、巫女さんが舞っていたあたりをぼんやり見ていた。

私は、テッちゃんの傍に寄った。

「こんばんは」

「ああ……結衣ちゃん……」

「さっきの巫女さんの舞い、すごかったね」

「うん。毎年見ているけど、今年のは特にすごかった」

「あの巫女さんの中に、尾形さんの娘さんがいること、知っていた？」

「えっ？」

テッちゃんは、びっくりしたような表情を浮かべて私を見た。

「あの子、一所懸命《いっしょけんめい》、舞ってたね。いっぱい練習したんだと思うよ。父親があんだから、大変なんだろうけど、地域に溶け込むために、あの子なりに精一杯のことをやってるんじゃないかな」

「そうか」

「……あの子の父親を訴えるの？」

テッちゃんは口をへの字にして、考え込んだ。

「ね、お願い」

私は両手を合わせた。もう、必死だ。

テッちゃんは、それでも難しい顔をしていたが、「結衣ちゃんがそこまで言うのなら、一回だけ許す」と言ってくれた。

「ありがとう。本当にありがとう」

テッちゃんは、それに応えず、肩をすくめると踵《きびす》を返し、人の中に消えていった。

「放っておけばいいのに」

振り返ると、一ツ木さんが腕を組んでいた。

「でも……」

「もう一人、放っておけない人が」

一ツ木さんが顎で示した方を見た。

北室長が、尾形さんに何か話しかけている。

「何を話しているんでしょう」

「さあね」

「うまく行きます?」

「尾形さんが南予町に残るのが良いのか、出るのが良いのか、北さんにも判らないだろう。僕も判らないし、興味もない。ただ、尾形さんがどちらを選ぶにしろ、北さんなら、それからがうまくいくように、いろいろと手を回すんじゃないかな」

なぜかは知らないけど、きっと一ツ木さんの言うようになるという気がした。

「時に、さっき、下の露店の前で一ツ木さんを後ろから見ていたんですけど、左右にゆらゆら歩いていましたね。今日も食中毒ですか」

一ツ木さんは首を振った。

「見ていたのか。そう何度も食中毒になるわけがない。僕は、茸《きのこ》の判別は極めて慎重にすべきだということを学習した」

ううっ。一ツ木さん……去年、間違って食べちゃったのね……毒茸……。

「それじゃ、どうして?」

一ツ木さんは少し遠い目をした。

「僕は、明るい光は苦手なんだ。かといって闇に沈む覚悟もない。だから、僕は、光と闇の作る等高線の少し闇寄りの一本を歩くことにしている。しかし、その等高線の一本一本は、人々の歩む人生《ヴィー》のようだとは思わないか」

はあ?

「つまり、一ツ木さんは、露店の裸電球が眩《まぶ》しいのは嫌だし、暗くて道に転がっている石に躓《つまず》くのも嫌だったんで、まん中辺りをフラフラ歩いていたってことですか」

一ツ木さんは、私の言葉に顔を赤らめると、ひどく気まずそうな表情で「なぜ、沢井さんのような人を、前町長や北さんが推進室に入れようとしたのか、はなはだ疑問だ」と、言った。

ちょうど、巫女から少女に戻った三人の子たちが、楽しそうにお喋りしながら歩いてくるのが見えた。

# 第四話　至る道

このごろ、ずいぶん日が落ちるのが早くなった。

愛媛県の南部にある南予町役場の推進室に差す光は、まだ就業時間中なのに夕方の茜《あかね》色《いろ》になっている。

「沢井さん。今日も一日平和でしたねえ。……5五金」

北耕太郎室長が資料を整理している私に言った。

北室長は、ちょっと狸《たぬき》に似ているおじさんだ。狸と言っても、人を化《ば》かす狸じゃなくて、人に騙《だま》される方の狸ね。

「人口減少が続いている南予町は、本当の意味では平和と言えないと思いますが。……3三桂《けい》成《な》り」

自分の席で外国語の本を読んでいた一ツ木幸士さんがぼそりと言った。

二人は、さっきから、将棋を指している。指すと言っても、駒を動かすのは全部、北室長だ。一ツ木さんは、北室長の執務机に置かれた将棋盤をちらと見ることもない。きっと、今、駒がどんなふうに並んでいるのか、全部、頭の中に入っているんだろう。

「北さん。あと四手で詰みですが、判ってますか」

「ええっ？　そうなの？」

北室長は目を見開いた。

「これで僕の七百四十一連勝です。盤面全体に目を配る習慣を身につけない限り、北さんは永遠に僕に勝てませんよ」

「そんなものですかねえ」北室長は身を乗り出すようにして将棋盤に見入っている。「本当に四手で詰みなの？」

「完全に、詰みです」

一ツ木さんはきっぱりと言った。

その時、突然ドアが開いて、町長秘書の三崎紗菜さんが駆け込んできた。

いつも笑みを絶やさない紗菜さんが、頬《ほお》をひきつらせている。ひどく慌《あわ》てている様子だ。

でも、こんな時でも、紗菜さんはやっぱり美人だ。もしミスコンテストに出たら、南予町では優勝まちがいないし、愛媛大会とかでも、多分、準優勝くらいは確実なんだろうなあ。

いや、そんなこと考えている場合じゃなかった。紗菜さん、一体、どうしたんだろ。

紗菜さんは、北室長の将棋盤を持ち上げ、「これ、隠しておきます」と言うと、書棚の空いているところに押し込んだ。何枚かこぼれ落ちた駒も、急いで拾い集めると将棋盤の上に置く。

「何かありましたか」

北室長が、いつものののんびりした口調で、紗菜さんに聞いた。

「もうすぐ、本倉町長が推進室にいらっしゃいます。一ツ木さんも仕事に関係のあるような本を開いておいてください」

ああ、そういうことなんだ。

推進室には特に定められた業務がなく窓際《まどぎわ》部署とも言われている。もし就業中に職員が将棋なんかやってるのが本倉町長にばれたりしたら、お取りつぶしになるかもしれない。

良かった……。いつもありがとうございます、紗菜さん。

でも、せっかく紗菜さんが知らせてくれたのに、一ツ木さんは事務用椅子《いす》にふんぞりかえり、長い足を組んだまま、本を読み続けている。

「一ツ木さん」

私は、一ツ木さんの袖《そで》を引いた。

「これ、仕事関係だよ。『森林工学の応用と地場産業の発展』って本。フィンランド語は苦手だから読むのにちょっと苦労している。まあ、どっちにしても、フィンランド語じゃあ本倉町長には内容が判らないよ」

それもそうだ。これで安心……。いやいや、そうじゃない。

町長がわざわざ推進室に来るなんて、それだけで、碌《ろく》なことじゃないだろう。ちょっとくらい身構えるとかした方がいいと思う。

……ああ、遅かった……。

ドアが開いて、本倉町長が選挙運動をしていた時と同じ、満面の笑みで入ってきた。

本倉町長はいつものように、バブル期のお金持ちでも敬遠するような派手な柄のソフトスーツを着ている。

もっとも私はバブル期には生まれていないから想像で言っているけどね。

本倉町長は、推進室を見渡した。

「やあやあ。お仕事、ごくろうさまです……あれ？　三崎君がなぜ推進室に？」

その言葉に、紗菜さんがピクリと肩を震わせた。

まずい。

まさか、本倉町長が来ることを警告に……なんて言えないよ。

「僕が呼んだんです」一ツ木さんが本から目も上げないで答えた。「書類の書き方で判らないことがあったから」

ほっと肩の力を抜いた紗菜さんが、目をうるませながら一ツ木さんを見つめた。

信じられないことに、この紗菜さんは、変人で傲慢《ごうまん》で傍若無人《ぼうじゃくぶじん》で面倒くさがりの一ツ木さんに心を寄せている。

でも、紗菜さんをかばうなんて、ちょっと意外。一ツ木さんにもいいところあるじゃない。

「そうなんだ。それは、三崎君もごくろうさま」

本倉町長は、あっさり納得したらしい。来客用のソファにどっかり座り込むと、くすくすと笑った。

ああ……本倉町長がこんな笑い方をしているということは、何か碌でもない施策を思いついたに違いない。

「何かご用でしょうか」

町長の正面の椅子に座った北室長が、それでも笑みで応《こた》えた。

本倉町長はポンと自分の膝《ひざ》を叩《たた》いた。

「実はね、町おこしのいいアイデアを思いついたんだ」

やっぱり……。

本倉町長は、町おこしを掲《かか》げて選挙を戦った。南予町は、愛媛県の南部にあり、過疎化《かそか》が進んでいる。町民は藁《わら》にもすがる思いで本倉さんに一票を投じたのかもしれない。でも、文字通り藁だったんじゃないかと言う人が多くなった。当選してから提案してくる地域おこしのアイデアは、いつもピント外れだったからね。『ゆるキャラで町おこし』というので作ったキャラは知名度ゼロだし、観光客を呼び込むために『歴史の道』みたいなものをでっちあげようとしたけど、うまくいかなかった。もう今では、町役場の職員は、本倉町長が何かを提案してきても、「法規上困難かと」とか、「前向きに善処します」とかのサボタージュに徹している。さらに、口の悪い古参職員だけでなく普通の職員ですら、本倉町長のことを陰で『ぼんくら町長』と呼んでいるらしい。

「それでどういうアイデアでしょうか」

北室長が穏《おだ》やかな口調で聞いた。

「ミニ独立国だよ」

本倉町長は胸を反《そ》らした。

「ミニ独立国?」

北室長は目をぱちくりさせた。

「北さんは知らないかな。『吉里吉里国《きりきりこく》』とか、『イノブータン王国』とか」

一ツ木さんが読んでいる本からちらりと目を上げた。

「一九八〇年代に、全国各地の自治体がミニ独立国を名乗って、地域おこしをしようとしましたが、そのことですか。一時的に話題になりましたが、乱立もあって、ブームは急速に衰退《すいたい》しました。今も活動を続けている自治体は多くはないと認識していますが」

「いやいや。数が減っているからこそ、チャンスなんだ。今、南予町がミニ独立国として旗揚《はたあ》げすれば、全国から注目されると思う」本倉町長が自分の言葉にうんうんと頷《うなず》いた。

「それで南予町は、『みかん王国』と名乗ろうかと思うのだが、どうかな」

「確か、『みかん王国』というのは、既《すで》にあったかと思いますが」

一ツ木さんの冷たい声に本倉町長は眉《まゆ》を寄せた。

「名前なんか、なんでもいいんだよ。『みかん共和国』でも、『みかん連邦』でも『みかん市国』でもいいんだ」

いやいや。『みかん市国』は、バチカン市国とかからクレームが来たら、宗教関係だけに、まずいことになるかもしれないですよ。まあ、バチカンが南予町を相手にするとも思えないけど……。

本倉町長は、また膝を叩いた。

「いや、『みかん市国』は、案外いい名前かもしれない。『市国』と『四国』をかけることになる」

私は心の中でため息をついた。

確かに南予町では、多くの農家がみかんを栽培している。でも、愛媛でみかんを育てているのは南予町ばかりじゃない。

たとえば、八幡浜の真穴《まあな》地区が出荷している『真穴みかん』という温州《うんしゅう》みかんは、百年以上の歴史があって、いくつもの賞をとった超一級のブランドだ。他の市町村も温州みかんだけでなく、『伊予柑《いよかん》』『ポンカン』といった従来品種の出荷にも力を入れている。さらに最近では、県が育成した『紅《べに》まどんな』『甘平《かんぺい》』などのおいしい柑橘類《かんきつるい》も栽培されている。もっとも、そうした新品種は高級すぎて、私なんかじゃめったに食べられないけど。

だから、南予町が他地区を差し置いて『みかん市国』を名乗るのは、ちょっとねえ。まわりの人たちから反感を買うと思う。

さすがの北室長も首を傾《かし》げている。

「みかん市国を作るとしても、今の南予町の財政状況を考えると、大きなことはできませんが」

「だから、推進室には、低予算でできるアイデアを考えて欲しいんだ。例えば、今思いついたんだが、スタンプラリーなんかから始めたらどうかな。南予町のあちこちにスタンプ台を置いて、観光客に南予町を巡ってもらうんだ。『みかん八十八カ所巡り』とか名付けてね。うん、これは、なかなかいいアイデアかもしれない。町中をテーマパークにしよう！」

　さっきから、一ツ木さんが、完全に呆《あき》れたような目で本倉町長を見つめていた。まあ、私も同じ気持ちだから、分かる。でも、そんなに露骨《ろこつ》に態度に表わしていたら、いくら鈍感《どんかん》な本倉町長でも気づくよ。

　推進室に嫌ぁな沈黙が流れた時、外から防災行政放送が流れてきた。

『高尾木《たかおぎ》地区の吉川菊彦《よしかわきくひこ》さんを探しています。見かけられた方は、役場、警察にご連絡ください』

「また、あの認知症の爺《じい》さんか」

　本倉町長は眉をひそめた。

　吉川さんというのは、町の外れに住んでいる九十前後の高齢者だ。私が子供の頃、お祭りなどの世話人として活躍している姿を見たことがある。でも、数年前に認知症を発症してからは、あまり町中では見かけなくなった。今年の夏のころから徘徊《はいかい》がひどくなって、みかん畑を引き継いだお孫さん夫婦は心配しているらしい。

高齢化が進んだ南予町では、お年寄りが増えている。いきおい行方不明者も増えた。そこで前町長の時代に、住民が行方不明になった場合は、手すきの職員も探しにいくことになった。

「私と一ツ木さんで、探してきます」

私は、勢いよく椅子から立ち上がり、これ幸いと一ツ木さんの腕を引っ張って推進室を出た。

それにしても、防災行政放送では、『吉川菊彦さんを探しています』と言うだけで、どんな服装なのかとかの特徴を言っていない。言わなくても多くの人が判ってしまうのは、住民の多くが知り合いっていう南予町のすごいところだ。

「面倒くさいなあ」廊下で一ツ木さんは頭《かぶり》を振った。「それにしても、沢井さんって、行方不明者の放送が入るといつも真っ先に飛び出すよね。どうして?」

私は小さなため息をついた。

「……昔、夏休みでこっちに遊びに来ていた時に、高齢者が行方不明だって放送があったんです。その時、私は小さくて探しにいけなかったけど、『あのおばあちゃん、山の向こうに行っちゃったんじゃないのかな。もう、帰ってこないんじゃないかな』って、ずっと不安でした」

「そのおばあさんは？」

「消防団の人が、夜遅くに見つけました」

「そうなんだ。でも、それと、真っ先に探しに出るのと何の関係が？」

私はもう一度、ため息をついた。

一ツ木さんは、妙に勘がいいこともあるのに、人の気持ちに関しては本当に鈍感だ。

私は話題を変えた。

「でも、一ツ木さんもいいところあるんですね」

「いいところ？」

「さっき、紗菜さんのこと、かばったじゃないですか」

一ツ木さんは首を振った。

「ああ、あのことか。あそこで、三崎さんとかいう人が本倉町長から問い詰められたら、面倒くさいことになると思っただけだよ。推進室でごたごたが起こるのはごめんだ」

いやいや。一ツ木さんが本倉町長の提案に、あんなあからさまな態度をとり続けていたら、もっと面倒なことになったと思いますよ。私は一ツ木さんを救ったんですよ。判ってます?

「ともかく、吉川のお爺ちゃんを探しにいきましょう。私は自分のスクーターで行きます」

一ツ木さんは馬鹿にしたように鼻を鳴らした。

「おいおい。それで吉川さんを見つけたとして、どうやって運ぶんだ。車で行こう」

「ひょっとして、一ツ木さんの車でですか」

一瞬、鳥肌が立った。

一ツ木さんの車は、遠目ではかっこいいスポーツカーに見えるが、実は、重量のかなりの部分が錆《さび》でできているんじゃないかと思うようなとんでもない年代物だ。

「いや。町役場の車で行く。僕が自分の車を走らせるのは、バッテリーが上がるのを防止するためだ。先週末に走らせたから、当分は大丈夫」

大丈夫? そうかな……。あの車で心配しなくちゃいけないのは、バッテリーとかじゃなくて別の部品だと思う。というか、部品全部だよ。絶対、ごく近いうちにバラバラになると思う。

私は総務課で車の鍵《かぎ》を借りると、駐車場に出た。

良かった。

町役場の車を見た私は胸をなで下ろした。かなり古そうだけど、少なくとも走りながら部品を落とすようなことはないだろう。

運転席に乗った一ツ木さんは「オートマの車は何か体に合わないな」と、ぶつぶつ言いながらエンジンをかけた。

「でも、吉川のお爺ちゃんなら、すぐに見つかると思いますよ」

助手席に座った私は、シートベルトを締めた。

「どうして？」

「最近、南予町で流行《はや》っている話を知りません？『徘徊している高齢者を見つけると、良いことがある。家まで送ったらさらに幸運が訪れる』っていうのですよ。吉川さんを見つけて警察に連絡した中学生は、無理って言われていた高校受験で合格したそうです。別のお年寄りをお家まで送った人は、宝くじが当たったとか。それで最近は行方不明の放送があると、わざわざ自分の用事を中断してまで探しに出る人が増えたみたいです。でも、そんなことが起こるなんて、不思議ですよね」

「ふうん」

あれ？

何か、一ツ木さんは気のない様子だ。この手の不思議な話題にはいつも食いついてくるんだけどな。

県道をしばらく走っていると、前方に、にこにこ笑いながら歩いている高齢者が見えた。

「あれ、吉川さんですよ」

驚いた私は一ツ木さんの袖を引っ張った。

「面倒くさいなあ」

それでも一ツ木さんは、吉川さんの傍《そば》に車を停《と》めた。

私はウインドウを開けると、「吉川さん、こんにちは」と声をかけた。

吉川さんは、目をぱちくりさせた。

「あんたは？」

「沢井の結衣です」

それでも、やっぱり吉川さんは私のことは思い出してくれないようだ。

幼かった時、いとこたちと行ったホタル狩りで、いっぱいホタルを捕ってくれたのに……。

私は車を降り、「ご家族が心配していますよ。一緒に、お家に帰りましょう」と、吉川さんを後部座席に乗せた。

吉川さんの隣に座った私は、携帯電話で北室長に「吉川さんをお家にお送りします」と連絡した。本当なら捜索願が出された駐在所に行くのが筋かもしれないが、北室長は、『関係各所には私の方から連絡しておきますから』と言ってくれた。

車が走り始めてしばらくして、『吉川さんが見つかった』という放送が聞こえてきた。

しかし、こんな所まで吉川さんは歩いたんだ。吉川さんの家から四キロ近くある。今はまだいいけど、これから口が落ちるのはさらに早くなる。見つけるのは難しくなるんじゃないかな。それにどんどん寒くなっている。温暖な南予町といっても、もし高齢者が外で一晩過ごすようなことになれば、どうなるか判らない。

どうしたらいいんだろう……。

一所懸命《いっしょけんめい》に考えたが、いいアイデアも思いつかない。そのうちに車は県道から脇道に入った。この坂のどんづまりに吉川さんの家があるはずだ。北室長に言われて地図に全住民の所在を書き込んだ私にはしっかり判る。

「車で行けるのはここまでだな」一ッ木さんは民家の軒先に車を入れた。「沢井さん、ここからは歩いていく」

「勝手にこんなところに車を駐《と》めていいんですか」

「いいんだ。ここは友人が社長をやっている会社だ」

会社？

古い木造二階建ての家は大きいけど、どう見ても民家に見える。それに、今、変なことを聞いた。一ツ木さん、『友人』って言ってたよね。でも、一ツ木さんに友人がいるなんて想像もつかない。

おっと、今はそんな場合じゃなかった。

吉川さん家に向かう道は坂になっている。

「吉川さん、大丈夫ですか」

私は、吉川さんの手をそっと引きながら歩いた。

吉川さんの家の前には、男の人が立っていた。多分、吉川さんのお孫さん。北室長から連絡があって、待っていてくれたのだろう。もっともお孫さんといっても、三十を超えたおじさんだ。

普段は、お孫さんはみかん農家として、裏山のみかん畑を世話している。この人の奥様は農協の選果場で働いていると聞いている。今の時期、二人とも忙しいだろうに、大変だなあ。

「本当に申し訳ありません」

おじさんは私と一ツ木さんに深く頭を下げた。

「いえ。私たち町役場の職員ですから、お気遣《きづか》いなく。それにお年寄りを見つけて、お家にお送りしたら良いことがあるって噂《うわさ》ですし」

「はあ……。皆さんそう言って下さるんですが、申し訳なくて」

恐縮しているおじさんに頭を下げ、私たちは、もと来た坂を下りていった。

「あれ？　富士見《ふじみ》の奴、来たんだ」

役場の車の隣にすごいオープンカーが駐まっていた。すごいといっても、一ツ木さんの車の『すごく汚い』とか『すごく古い』とかじゃなくて、『すごく素敵で、すごく高そう』っていう意味。ピカピカで多分、最新型なんだろう。

一ツ木さんは、勝手に玄関脇から裏の方に歩いていく。

「ちょっと、一ツ木さん」

私は慌てて一ツ木さんを追った。

「よう」

一ツ木さんは縁側に向かって声をかけた。

「なんだ一ツ木か。半年ぶりだな」

縁側に立っていた人が、振り返った。

目の光は鋭《するど》いけど、笑顔はすてきな人だ。高価そうな手編みのセーターを着ている。

多分、一ツ木さんの言っていた社長さんだ。

「いつから南予町に？」

「さっき着いたばかりだ。今週は、こっちで過ごすつもりだ」男の人は私の方を見て頭を下げた。「富士見京介《きょうすけ》といいます。自己紹介で申し訳ないね。一ツ木は紹介しようなんて気は回さないだろうから」

うーん。さすが『友人』。一ツ木さんのことをよく判ってらっしゃる。

「こんにちは。町役場の沢井結衣です」

私もぺこりとお辞儀《じぎ》した。

「一ツ木の同僚にこんな可愛《かわい》いお嬢《じょう》さんがいるとは意外だ」

富士見さんは、ハハッと笑った。

「あのう……一ツ木とは？」

「大学時代からの腐《くさ》れ縁ですよ」

私は富士見さんの言葉に首を捻《ひね》った。一ツ木さん、確か履歴書《りれきしょ》には、高校卒業までのことしか書かれてなかったって噂だけど、大学出てるんだろうか。

びっくりした表情を読まれたんだろうか、一ツ木さんは、「大学時代と言っても、僕は卒業していないよ。一年半で中退した。アメリカに渡って別の大学に行ったけど、そこでは二年で放校処分になった」

「放校って……」

「知らない？　自主的に大学をやめるとかじゃなくて、『もう来るな』って言われることだよ。あの時は、放校だけでなく、あやうく刑務所に放り込まれるところだったが、たまたまアメリカに視察に来ていた前町長に救われた」

ええっ⁉　一ツ木さん、アメリカの大学で何やったんですか⁉

とんでもないことをあっさり言った一ツ木さんは、さっさと縁側に上がっていく。

一ツ木さんの話を聞いても全然動じた様子がない富士見さんが「沢井さんもどうぞ」と、私を手招きした。

私は、慌てて「お邪魔します」と靴を脱いだ。

元は仏間か居間だろうか、縁側に続いている部屋に入った私は驚いた。

続き間二十畳くらいのスペースに、机がずらりと並び、その上にはパソコンや、何をするのか判らないような機械が置かれている。まるでテレビで見た国際宇宙ステーションの中みたい。もちろん、何か仕事をしている四、五人の若い人たちが着ているのは宇宙服じゃなくて、カジュアルなものだけど。

「これは？」

「びっくりしているようですね。一ツ木に聞きませんでした？」富士見さんがにっこりと笑った。「ここは、空き家になった民家を改造した工房なんですよ」

富士見さんはそう言ったが、何か私の持っていた工房のイメージとは違っている。確かにいろいろと工具が並んでいるが、パソコンや大きな機械は何に使うのだろう。

「何を作っているのですか」

「提案モデル」

「なんでしょう、それ」

「どう説明しましょうか」富士見さんは顎《あご》に手をやった。「そうですねえ。例えば、沢井さんはヘアドライヤーを使っているでしょう？　電機メーカーは内部の機械を作るのは得意ですが、そのヘアドライヤーのデザインとか、新しい使い勝手とかについては、外部に委託したり、別会社の提案を受けたりすることがあるんです。そうしたモデルの提案をするのがうちの会社の仕事です。この家の一階で、実際にモデルを製作しています。二階は社員の住居になってますが」

さっきから、でっかい水槽みたいなものの中で、変な機械が動いていた。

「これがそれを作る機械ですか」

「その一つ。これは、３Ｄプリンターというもので、パソコン上で作ったモデルを、樹脂を重ねることで実際の形にする機械です。もっとも、仮にヘアドライヤーのプロトタイプを作る場合は、重量のバランスなんかも使いごこちに影響を与えますから、中に金属を埋め込んだりします。それから、多くの人が手に取りたいような色に塗装もします」

「メーカーって都会にあるから、東京とかに工房を作った方がいいんじゃないですか」

「もちろん、営業部隊などはメーカーが多い都市部に配置していますよ」

富士見さんが指さした先に、大型のテレビモニターが五つ並んでいた。

何かのテレビ番組でもやっているのかと思ったが違っていた。どれも、どこかのオフィスを映しているようだ。

「右から順に、東京営業所、名古屋《なごや》営業所、大阪営業所、旭川《あさひかわ》工房、京都工房」

「本社は？」

「登記上はともかく、業務上は、私がいるところが本社ですよ」富士見さんはモニターの一つに近寄った。「テレビ会議システムは常時接続しています。向こうでも全営業所と工房が映し出されているんですよ」

テレビモニターに映っていた男の人がこちらに気づいたようだ。長い髪を後ろでまとめている。まるで芸術家みたい。

『あれ？　社長、お早いお着きですね』

「高速が空《す》いていた。気持ち良く走れたよ。君も今度一緒にどうだ」

『お断わりします。今の季節、幌《ほろ》を畳んだオープンカーの助手席なんて、罰ゲーム以外のなにものでもないです』モニターの人が苦笑いした。『それより、これから社長決裁が必要な書類をサーバーにアップしますので、一両日中にご承認下さい』

「了解した」

男の人は、他に仕事があるのか軽く頭を下げると、画面奥の席に着いた。パソコンのキーボードにかなりの速さで指を走らせている。

「何かすごいですね」

昔は民家だった家の中で、こんなことをやっていたなんて、知らなかった。

「ネットワークが発達した現代では、開発拠点を人口集中地に置く意味は薄れています」

富士見さんは一ツ木さんの方を向いた。「ただ、あまりに不便だと、いくら田舎《いなか》暮らしをちょっとの間やってみたいっていうスタッフですら不満に思う」

「どういうことだ？」

機械に見入っていた一ツ木さんが顔を上げた。

「県道から脇道に入る目安にしていたバス停の標識がなくなっていた。おかげで、来るときにちょっと迷ったぞ。南予町の町営バスは廃止になったのか」

「それは誤解だ」一ツ木さんは首を振った。「町営バスは、本倉町長が四カ月ほど前からオンデマンド方式にしている。オンデマンド方式と名づけたのは本倉町長だけどね」

「どこがオンデマンドなんだ？」

「一応、町営バスは、今まで通り運行されている。ただ、時に乗客なしで走る場合があるから、その無駄を避けるために、事前に電話予約した客がいた場合だけバスを走らせるんだ。通勤や通学・通院用のバスは予約不要で運行してるけどね」

「やっぱり不便になっているじゃないか」富士見さんが眉を寄せた。「お前に強引に勧《すす》められて南予町工房を立ち上げたのに」

「確かに予約する一手間は必要だ。しかし、今まではバス停でしか停まらなかったけど、路線上ならどこでも乗降できるようになってる。利用者が歩かなくてはならない距離はずいぶん短くなった。本倉町長がやっていることはほとんどがピント外れだが、この改革は僕も評価している」

ちょっと、ちょっと！

その町営バス改革案を本倉町長に吹きこんだのって一ツ木さんですよね。水産高校行きの路線を守るための目くらまし策で……。

自分の案を自分で「評価している」って……。

「まあ、そういうことなら、OKだが」富士見さんがずいと一ツ木さんに顔を寄せた。「あと、うちの社はこれから、映画とかに使われるCG制作にも進出しようと思っている。徳島県くらい高速のネット回線を南予町に引いてくれれば嬉しいんだがな」

「贅沢《ぜいたく》いうなよ」一ツ木さんは肩をすくめた。「その業務をやるサテライト工房は徳島県にでも作るんだな」

富士見さんは、振り返ると声を上げた。

「おーい。せっかく町役場の人が来たんだ。いい機会だから、君たちも何か要望があれば聞いて貰《もら》ったらどうだ」

男の人が手を挙げた。

「この前、町役場に行ったら、ものすごくきれいな人がいたんですが、紹介してくれませんか。制服を着ていたから職員さんだと思うんですけど」

ああ。ものすごくきれいな人って……絶対に紗菜さんのことだ。

富士見さんは「馬鹿野郎」と苦笑いした。

『えっ？　すごい美人ですって？』いつの間にか、テレビモニターの一つにさっきとは別の男の人が大映しになっている。『ちょっと、その人の写真、送ってくれませんか。場合によっては旭川工房から南予町工房に移ろうかなって思っちゃいました。スキーも飽《あ》きたし』

「話がややこしくなるから、お前は黙ってろ」

富士見さんが、テレビモニターに向かってシッシと手を振った。

モニターの男の人は、『写真待ってまーす』と手を振りながら、自分の席に戻っていった。

「あのう……」

机で作業をしていた若い女性が手を挙げた。銀ぶちの眼鏡《めがね》のせいか、ちょっと神経質そうに見える。

「何でしょう?」

私はその女性に向けて微笑《ほほえ》んだ。

「町役場の人ということで聞いていただきたいのですが、近所の吉川というお爺さんが、時々、ここの庭に入ってきて、ぼんやりしているんです。認知症なのは判りますけど、やっぱり庭にまで入り込まれたら、あまりいい気分じゃないです。縁側からは見えにくい場所に立っているので、この前なんか、ばったり会ってびっくりしてしまいました」

「はあ。田舎の人は結構、近所の家だと勝手に庭に入ったりしますね。都会の人は慣れることができないかもしれません。でも、今の吉川さんにそれを言っても……」

眼鏡の女性はため息をついた。

「話しかけてもぼんやりしているだけです。放っておくといなくなりますけど、時々、そのまま下に降りていくようで、しばらくすると探して欲しいって防災放送が入るんです。どうしたらいいのかなあって」

今まで黙っていた一ツ木さんは、縁側から庭に下りた。

「吉川さんは、どのあたりに立っていたの？」

一ツ木さんは眼鏡の女性に尋《たず》ねた。

「もう少し左……。こっちからぎりぎり見えないあたりです。何か隠れているみたいで気持ち悪いです。大抵《たいてい》は日が落ちてからですし」

一ツ木さんは、「黄昏時《たそがれどき》か。それはびっくりするよね」と言いながら、眼鏡の女性に言われた場所に立った。

「確かに、家のどこからも見えない場所を選んで吉川さんは立っていたようだ。そして縁側の方を窺《うかが》っていたと」

「どういうことですか」

眼鏡の女性の質問に答えず、一ツ木さんは、縁側に戻ってきた。

「なるほど。縁側の端に何かをずっと置いていた跡がある。ここだけ、変色の具合が少し違っているな」一ツ木さんの視線は柱に移った。「そこから柱に沿ってなにか細長いものを打ちつけていたようだ。玄関の方まで跡が続いている」

眼鏡の女性が、縁側に入って一ツ木さんの指さすところを見つめた。

縁側に上がった一ツ木さんと眼鏡の女性は、その何かの跡をたどりながら、玄関の方に歩いていった。

富士見さんが小さな声で私に言った。

「ごめんね。あの子、いい子なんだけど、人見知りするたちなんだ。まだちょっと南予町になじめていないようだ」

一ツ木さんが、奥から顔をのぞかせた。

「富士見。大家さんは昔、この家に住んでいたと聞いたが」

「ああ。年をとったので、松山の息子さんの家に身を寄せたらしい」

「電話番号は判るか」

富士見さんはスマホを開いて軽やかに指を走らせると、何桁かの数字を一ツ木さんに伝えた。

一ツ木さんは、再び縁側から下りると庭の隅に歩いていき、携帯で誰かと話し始めた。

多分、相手は大家さんだろうけど、何を話しているんだろう。

富士見さんと眼鏡の女性も訳《わけ》が判らないのか互いの顔を見合っている。

長い電話の後、一ツ木さんは携帯を胸ポケットにしまうと、再び縁側に近寄り、そこに腰を下ろした。

「なるほどね」

一ツ木さんが呟《つぶや》いた。

「どうかしたのか」

富士見さんが一ツ木さんに尋ねた。

「吉川さんがこの家の庭に入り込む理由が判ったよ。縁側の変色の違いで、このへんにずっと何かを置いていたと僕は推測した。さらに、そこから、何かケーブルを打ち付けていたような跡が点々と伸びている。ひょっとしたら電話機を置いていたんじゃないかと思って松山に移った大家さんに聞いたら、やっぱりそうだった。昭和三十年代のことらしいけど、この地区では、ここにしか電話がなくてね。この辺りの世帯に連絡をとりたい時は、この家に電話をかけて、取り次いでもらっていたそうだ。それで、大家さんのお父上は、近所の人が使いやすいように、縁側に電話台を置いていたんだ」

「それじゃあ吉川さんは電話が目当てで?」

「そう。吉川さんには娘さんがいたそうだ。仕事で東京に出ていて、吉川さんはその子からの週一回の電話を楽しみにしていた。ただ、わざわざ呼びにきてもらうのは悪いって、夕方のある時間になると、この家の中からは見えない庭の隅に立って電話を待っていたんだ。家の人に見つかると気を遣わせてしまうからと」

「娘さんのこと、大切に思っていたのですね」

一ツ木さんは頷いた。

「ああ。大家さんの話によると、娘さんが盆や暮れの休みで帰ってくる時は、予定の一時間も前に坂の下まで迎えにいって、待っていたそうだ。娘さんと、娘さんの荷物を持った吉川さんが、二人で坂を上がっていく姿を今でも思い出すと大家さんは言っていた」

「その娘さんは？」

「東京に出て数年後に、交通事故で亡くなったと」

眼鏡の女性がはっと手を口に当てた。

「その時の習慣が残っていたのですね」

一ツ木さんは顔を上げた。

「黒電話、当時のように、ここの縁側に置かせてくれないか」

富士見さんが首を傾げた。

「それは、かまわないが、吉川さんの娘さんからはかかってこないぞ」

「そんなことは判っている。ただ、吉川さんに『今日は、電話はなかったようです』って言ってあげれば落ち着いて家に帰るかもしれないだろ」

「しかし、昔風の黒電話か……」

「形だけでもいいんだよ」

「そういうことなら」眼鏡の女性デザイナーが身を乗り出した。「私、３Ｄプリンターで作ります。ネットにデータがあれば、一晩でそっくり同じ物ができます」

さっき紗菜さんを紹介してくれと言っていた男の人が、手を挙げた。

「塗装ならまかせてくれ。本物と見間違えるようにしてやるよ」

富士見さんが頷いた。

「じゃあ、それ頼むよ。最優先で作ってくれ」富士見さんは一ツ木さんを見た。「これで、吉川さんは徘徊を止めるのか」

一ツ木さんは首を振った。

「こんなことじゃ止めないと思うけどね。吉川さんは県道を遠くまで出ている。ただ、徘徊のうちの一部は、止むかもしれない」一ツ木さんは縁側から立ち上がった。「それじゃ、僕たちはもう町役場に戻る。何かあったら連絡してくれ」

一ツ木さんはそう言うと、さっさと門の方に向かった。

私は富士見さんたちに頭を下げると、一ツ木さんの後に続いた。

車の助手席に座った私は、ほっと安堵《あんど》の息を吐いた。

「吉川さんの心が安まればいいですね」

運転席の一ツ木さんは、ふんと鼻を鳴らして、車を発進させた。

「まあ、吉川さんの徘徊の回数が減れば、探しに出るなんて面倒くさいことも減る」

うーん。

本当に、ただ面倒くさいことが嫌なだけなのかな。今ひとつ、一ツ木さんの本心が分からない。

「でも、あの会社の工房を南予町に招いたのは一ツ木さんですよね」

「そうだよ。次のサテライト工房は宮崎にって思っていた富士見の考えを変えるのには苦労した」

「一ツ木さん、結構、南予町のためにがんばってますね」

その時、一ツ木さんの横顔に、凄《すご》みのある笑みが浮かんだ。

「そりゃやるさ。南予町が生きるか死ぬかのゲームの真っ最中だからね」

「生きるか死ぬ？　なんだか大げさな言い方ですね」

「何が大げさなものか。首都も、大都市も、地方都市も、農村も、全部、互いの生存をかけた戦争に突入しているんだ」

「戦争？」

一ツ木さんの目が細くなった。

「実感がない？　じゃあ、順番に説明しようか。人類の文明に都市というものが生まれてからずっと、都市は周辺の人口を吸い上げて成長していたんだ」

「都市の人も子どもを産んで増えるのではないですか」

「それは、近代になって医療が充実してからだ。それまでは、都市そのものの人口は疫《えき》病《びょう》の大流行や戦乱で減る一方だったんだ。その不足分を周辺の村から人を吸い上げることで維持していた」

「それじゃあ、医療が発達すると都市はそれだけで人口を維持できる？」

「いや。そうなってから、都市に住む人は子どもを作らなくなった。今、日本の合計特殊出生率《しゅっしょうりつ》……一人の女性が産む子供の数は、一・五を切ったが、東京などでは一を僅《わず》かに上回るだけだ。一を下回る地区も多い」

「なぜですか」

「いろいろ理由があるが、その一つは、核家族化が進んだことだ。今でも三世代同居の世帯が多い地区……例えば沖縄なんかでは、人口を維持できる合計特殊出生率……二・一を超える市町村がいくつかある。しかし、沢井さんも知っての通り、南予町では三世代同居の世帯は減っている。これからの人口増はみこめない」

「だから、南予町では都会からの移住を勧めているんじゃないのですか」

一ツ木さんは首を振った。

「判ってないな。その都会自体でもこれからは人口が激減するんだ。高度経済成長期までは、地方で余剰《よじょう》になった人口を吸い上げることで都会は維持されていた。しかし、地方は、今までみたいに若い人を都会に供給することはできなくなった。東京ですら、すでに人口減に悩まされる地域が多発している」

「ということは？」

「つまり、とっくに、中央と地方、そして地方と地方間で人口争奪戦争が始まっているんだ。負けたら地区ごと消滅する戦争だよ」

「その戦争とかに勝つために富士見さんの工房を招いたりしたのですか」

一ツ木さんはため息をついた。

「効果は限定的だけどね。たとえ、富士見の工房で働く人が南予町で家庭を持ってくれたとしても、やっぱり実家の親や親戚とは別れることになる。子育ての支援が受けられず、大きな人口増は期待できない。保育施設を充実させればいいという意見もあるが、近くに親兄弟や親戚、古くからの友人がいるという精神的な安心感は、また別のものだ」

「それじゃあ……」

「この人口争奪戦争に勝ったとしても、それは、それに倍する消滅地区の上に立つ勝利ということだろうな。もっとも、この戦争に関わった以上、勝つつもりだけどね」

一ツ木さんはまた笑った。その一ツ木さんの横顔に、一瞬、背中に冷たいものが走ったような気がした。一ツ木さんの不機嫌《ふきげん》な顔や怒っている顔は何度も見たけど、怖いと思ったことはない。でも、今の笑顔は……。

ひょっとして、今まで私が持っていた一ツ木さんの印象って、ごく上《うわ》っ面《つら》のもので、本当は、全然違っているのかもしれない。

思わず顔を伏せた私は、「何か方法はないのですか」と聞いた。

「他国からの大量の移民を促《うなが》すという手もあるが、それにともなう副作用はとてつもなく大きい。さらに、それは失敗しても後戻りができない危険な賭《か》けだ。しかも、一地区が周辺部から人を吸い上げるという根本的な構造は変わらず、ただその規模が大きくなるだけだ。万一うまくいったとしても、長期的に見れば、単なる問題の先送りに過ぎない」

「それでは他の方法を考えないと」

一ツ木さんは、ふんと鼻を鳴らした。

「前町長や北さんと同じようなことを言うね。だが無理だ。戦争を続けて勝つ以外に手はない」

「東京や松山と戦うのですか」

「そう。宇和島や八幡浜ともね。でも、勝てる可能性はある。今後、人工知能が発達したら都会での働き口は減少すると僕は考えている。しかし、田舎の仕事は簡単に人工知能で代替できるようなものじゃない。そのうち都会の人は職を求めて田舎に戻る時代が来る。その時まで南予町が消えずに存在していたら僕の勝ちだ」

　私は頭を振った。

「一ツ木さんの言っていることって私には……」

「別に理解してくれなくてもかまわない」一ツ木さんは薄く笑った。「そんなことよりも、当面の問題を考えないと。本倉町長の、『南予町を「みかん市国」にして町中をテーマパークにしよう』とかいう計画を、どう断念させるかだ。僅かな予算や人的資産を間抜けなことに使われてはたまらない」

　思い出した。

　本倉町長の話の途中で推進室を出てきたんだった。どうなったんだろ。北室長がうまくかわしてくれているといいんだけど。

心配しながら、推進室に戻った私は、今までの経緯《けいい》の詳細を北室長に報告した。

「それは遅くまでお疲れ様でした」北室長はいつものようににこにこと微笑んだ。「これで吉川さんの徘徊はなくなりますかね」

「それは無理でしょう」自分の机に戻った一ツ木さんが首を振った。「沢井さんにも言いましたが、吉川さんの徘徊の範囲は、昔電話を借りていた富士見の工房まではなく、県道より遠くまでです。多少頻度《ひんど》は減るかもしれませんが、多くは期待できません。それよりも、本倉町長の提案はどうなったのですか」

「今まで、どう断わろうか、どう言えば断念していただけるのか、考えていたんですけどね。やっぱり本倉町長のご指示通り、少し進めてみようかと思い直しました」

えっ？

あの提案、受け入れちゃうんですか？

一ツ木さんもびっくりしたような表情で北室長の顔を見つめている。

「ともかく、本倉町長が提案されたスタンプラリーなんて、いいアイデアじゃないですか」

北室長は、あいかわらずにこにこと笑いながら答えた。

一ツ木さんは、しばらく唖然《あぜん》としていたが、頭を振った。

「なるほど、そういうことですか。それなら、僕も協力します。明日からちょっとスタンプラリーに使う装備の手配をすることにしましょう」

えっ？　ええっ⁉

一ッ木さんも賛成するんですか？

もう、何がなんだかさっぱり判らない。

「それでは、一ッ木君。本倉町長が来られたことで中断していた将棋の対局、再開しませんか」

「別にいいですが、この勝負、あと四手で詰みだと言ったはずです」

「ひょっとしたら、助かる手を思いつくかもしれないじゃないですか」

「そんな手はありません。それに、僕は残業はしない主義なんですけど」

そう言いながらも、一ッ木さんは、紗菜さんが書棚にしまった将棋盤を取り出すと、北室長の机の上に置いた。でも、一ッ木さん、将棋も残業に含めるつもりなんだ……。

「あのう」北室長が恥ずかしそうに言った。「どこに何の駒が並んでいたか忘れたのですが」

「面倒くさいですねえ。でも、将棋なら北さんには負けませんよ」

私は、文句を言いながらも結構楽しそうに将棋盤に駒を並べている一ッ木さんを、呆然《ぼうぜん》と見つめた。

三週間が経《た》った。

朝、スクーターで町役場に出勤すると、駐輪場の前の道でジョギングしている眼鏡の女性に手を振られた。

富士見さんの工房にいた人だ。

私は、彼女の傍によるとスクーターを停めた。

「おはようございます」

眼鏡の女性は立ち止まると大きく深呼吸した。

「この前はどうも」

「あれから、吉川のお爺さん、どうですか」

「庭に立っている吉川さんに、『今日は電話はありませんでしたよ』って言うと、すぐに門から出ていくようになりました。でも、見ていると、それでも家に帰らずに坂を下りていくこともあったんです。うちの社員が、吉川さんのお孫さんの携帯に『お爺ちゃん、坂下りていきましたよ』って電話しているので、あまり遠くにいかないうちに迎えにいけるようになったって喜んで下さっています」

「そうなんですか。ありがとうございます」

なんだか、いい気分になった。

「それに、最近、坂を下りたところにあったバス停の標識が、スタンプラリーで復活したでしょ？」

「何ですか、それ？」

「知らないんですか。町役場が『南予町を「みかん市国」にして町中をテーマパークにしよう』とかで、スタンプラリーをすることになったって。うちの前の坂を下りたところにも、昔使っていたバス停の標識を改良して、スタンプラリー用の標識にしたものを置いたんですよ。そしたら、吉川のお爺ちゃん、坂を下りても、その標識から先には行かなくなって」

？　どういうことだろ。

私は、また走り始めた眼鏡の女性に頭を下げて、スクーターを駐輪場に入れた。

推進室のドアを開けると、北室長が机の上に将棋盤を置いて、駒を並べ始めていた。

「おはようございます。沢井さん」

私は、挨拶《あいさつ》を返すこともなく、北室長の席に駆け寄った。

「北さん、本倉町長の提案を受けたのって、ひょっとしてバス停の標識を元に戻すためだったんですか」

一ツ木さんが、読んでいた本からちらりと顔を上げた。

「今頃気づいたの？　吉川さんは今でも娘さんを迎えにバス停に行こうとしていたんじゃないかと、北さんは推測したんだよ。大家さんが言っていただろ。『娘さんが盆や暮れの休みで帰ってくる時は、予定の一時間も前に坂の下まで迎えにいって、待っていた』、そして、『娘さんと、娘さんの荷物を持った吉川さんが、二人で坂を上がっていく姿を今でも思いだす』と」

北室長が頷いた。

「吉川さん本人に娘さんとの記憶が残っているのかは判りませんが、無意識のうちに、バス停に行きたい、バス停に行かないと、という思いがあったのかもしれませんね」

一ツ木さんがぼりぼりと、ぼさぼさ髪の頭を搔《か》いた。

「でも、バス停の標識は撤去されていて見つからない。しかも吉川さんは自分が何を探しているのかすら、多分意識していない。だから彷徨《さまよ》っていたんだよ。ちょうど、バス停の標識が撤去された時期と吉川さんの広範囲の徘徊が始まった時期は重なる。富士見は脇道に入る目印であるバス停の標識がなくなって迷っても、すぐに目的地にたどり着いただろうが、認知症となると……。僕は、うかつにも町営バスの改革案はうまくいったと思っていた」

「昔から南予町に住む人にとっては、南予町にあるものの一つ一つが、大切な思い出につながるものなのですよ。一ツ木君が富士見さんの工房の軒先に黒電話を置くよう提案したという話を聞いた時に、教えられました」北室長はため息をついた。「しかし、南予町では、過去の出来事に繋《つな》がるものは、新しいものに替わるでもなく、ただ次々に消えていくだけです。分校、映画館、商店、製材所、製糸工場、職人の工房、田畑……そしてバス停の標識」

私、今、やっと判った。

北さんは、本倉町長の提案に乗ったフリをした。そして、どこかの倉庫で眠っていたバス停の標識をスタンプラリーの目印にしてはどうかと本倉町長に提案した……。

うーん。

私は、北室長のことを、『人を化かす狸じゃなくて、人に騙される方の狸』に似ていると思っていたけど、ひょっとすると違うのかもしれない。

「北さん、狸ですねえ」

一ツ木さんが、まるで私の心を読んだように言った。

「一ツ木君には言われたくないですが」北室長は微笑んだ。「例の『徘徊している高齢者を見つけると、良いことがある。家まで送ったらさらに幸運が訪れる』という話、一ツ木君が作って広めてくれたのでしょう?」

「ばれてましたか」

一ツ木さんがばつの悪そうな顔をした。

「ええ。面倒くさがりの一ツ木君が考えつきそうなことだと思っていました」

ああ。一ツ木さん、いつもなら、この手の奇妙な話には食いつくのに、全然興味を示さなかったわけが判ったよ。自分が作った噂《うわさ》だったからなんだ。

でも、これから、ますます寒い季節になる。一ツ木さんの面倒くさがりから出た迷信でも、認知症の高齢者には役に立つかもしれない。

私は、窓から外を見た。

町役場の庭に植えられた木々は、もうすっかり葉を落としていた。

「吉川さん、これからも、ずっとバス停に通うんでしょうか」

私は小さな声で北室長に聞いた。

「そうでしょうね。いつか娘さんの方が吉川さんを、バス停に迎えにくるまで」

北室長も小さな声で答えた。

# 第五話　南の雪女

軒下から通勤用のスクーターを引っ張り出した私は、ぶるっと体を震わせた。

見送りに出たお祖母《ばあ》ちゃんが、心配そうに私を見た。

「結衣ちゃん、今朝《けさ》はずいぶん寒いけど、そんな薄着で大丈夫？」

「大丈夫よ。南予町は暖かいから」

私は、スクーターのキーを捻《ひね》った。

「雪が降りそうだけど」

お祖母ちゃんは雲の多い空を見上げている。

「雪……？」

お祖母ちゃんの言葉に、何故《なぜ》かドキリとした。

「どうかしたの？　ぼんやりして」

私は慌《あわ》てて首を振った。

「なんでもない。じゃあ、行ってきます」

アクセルを開けてスクーターを発進させた……のだけれど、走り出してからすぐに後悔した。愛媛県の南部に位置する南予町は気候が温暖な土地だから、ちょっと油断したかも。体に当たる風は、昨日までのものとは全然違ってる。セーターだけでは、きつい。やっぱり冬用のダウンジャケットを着てきた方がよかったかな。

いやいや。今から取りに戻るのも面倒だし、そんなことをしていたら町役場に遅刻する。それに、町役場まで我慢すれば、あとは暖かい部屋の中で過ごすことができる。

「がんばれ、がんばれ」

自分にそう言い聞かせながら、戻りかかったアクセルをもう一度開けた。

山沿いの道を走っていると、百坪ほどの空き地に軽トラが駐《と》めてあるのが見えた。幼《おさな》馴染《なじ》みのテッちゃんの車だ。テッちゃんは、お父上の小さな商店を手伝いながら、消防団の団員としても活躍している。

私はぶるっと体を震わせた。体が震えたのは、寒いからだけじゃない。別にテッちゃんの軽トラがどうこうというわけでもない。軽トラが駐まっている空き地が嫌なんだ。幼い頃からその空き地は怖かった。夏休みなどでお祖母ちゃんの家に泊まっている時も、この空き地には絶対に入らなかった。特に理由はない。その空き地は、真ん中を中心にちょっと窪《くぼ》んでいて、雨の日は水たまりになる。空き地の縁《ふち》に、昔、農機具置き場にしていたのだろうか、小さな小屋かなにかの跡がある。つまり、どこにでもあるような空き地だ。

でも、この空き地は嫌。

通勤路なので、その空き地の脇を通らなくてはならないが、なるべく、そっちの方け正視しないようにしている。

だけど、どうしたんだろ。今朝は、なぜか、胸の動悸《どうき》が高まっている。目の端でちらりと空き地を見ただけなのに。なにか不吉《ふきつ》な……嫌な感じがする。お祖母ちゃんに「雪が降りそう」って言われた時もそんな気分になった。変なことが起こらないといいのだけど。

いつものように町役場の職員用駐輪場にスクーターを駐めた私は、ロッカールームに向かった。

廊下で、慌てた様子の総務課の人たちとすれ違った。

……何か、いつもと様子が違う……。

愛媛県は全体的にのんびりしたお国柄だけど、南予町は、人も気候も特に穏《おだ》やかな所だ。町役場に勤めている職員たちもだ。もっとも、全国の地方の例に漏《も》れず、かなり過疎《かそ》化が進んでいるから、最近は少し緊張感が顔に出てきたけど、それでもさっきの職員の様子は……。

「おはようございます」

私は推進室のドアを開けた。

あれ？　北室長がいない。いつもは、私より早いんだけどな。

ただ、北室長の机の上に将棋盤が置かれているということは、一応、出勤しているんだろう。

同僚の一ツ木さんは、いつものように外国語の本を読んでいた。

「おはようございます、一ツ木さん。北さんはどこかに行かれたのですか」

一ツ木さんは、本から顔も上げずに、「さっき、町役場の幹部全員に町長の非常呼集がかかった」と言った。

私は、ロッカールームの前ですれ違った総務課の人たちの様子を思い出した。

「非常呼集って、本倉町長、また何か思いついたのですか」

本倉町長は、町おこしを掲《かか》げて町長選を戦った。しかし、町長に就任してから出してくる振興策はどれもピントが外れたもので、町の住民は失望している。町役場の職員も苦労することが多く、本倉町長のことを陰で『ボンクラ町長』と呼んでいるらしい。

「いくら本倉町長といっても、何か思いついたくらいで、全幹部を非常呼集したりはしないだろう」

一ツ木さんは、難しそうな本を眺めながら、机の下に置いてある段ボール箱からミカンを取り出した。そして、片手だけで器用に皮を剝《む》いて、口に運んでいる。

「一ツ木さん、最近、しょっちゅうミカン食べてますけど、なんだか顔も手も、ちょっと黄色くなっているんじゃないですか」

「まさか」

一ツ木さんは、また、段ボール箱に手を突っ込んだ。

その時、館内放送用のスピーカーからチャイムの音が聞こえた。

『職員にお知らせします。窓口業務の方を除いて、全職員は会議室に集合して下さい。繰り返します。全職員は会議室に集合して下さい』

私は目をぱちくりさせながら、スピーカーを見つめた。

幹部だけじゃなくて、全職員にって……何があったんだろ。今朝の何か不吉な感じと関係があるのかな。

一ツ木さんは、ちょっと肩をすくめると「面倒くさいな」と本に栞《しおり》を挟み、立ち上がった。

一緒に推進室を出た私は、一ツ木さんに質問した。

「全職員に集まれって、仕事納めと仕事始めの時くらいしかないです。何が起こったのでしょう」

一ツ木さんはふんと鼻を鳴らした。

「会議室に行けば判ることを、今、僕に質問するの？」

ああ……そうだった。一ツ木さんはこんな人だよ。

こういう場合は、「僕にも判らないけど、きっと大丈夫だよ」とか、「何か本倉町長が無理難題をふっかけてきても、僕がなんとかするから」とか言うのが、同僚じゃないですかね。

もちろん、私の不満そうな表情を見ても、一ツ木さんは気にした様子もない。一ツ木さんは大股に廊下を歩くと、会議室のドアを大きく開けた。

会議室は、もう職員で一杯になっていた。総務課の人たちが、テーブルと椅子《いす》を大急ぎで並べている。

前の幹部席のまん中に、本倉町長が座っていた。いつもは派手なソフトスーツを着ているのに今日は作業服姿だ。その本倉町長を中心にして副町長他、各部署の責任者が座っている。北室長も端っこにいた。

推進室は、設立した前町長が何も説明しないままに亡くなったから、これと決まった業務はない。だから、窓際《まどぎわ》部署と言われているようだけど、一応、北室長も管理職扱いされているんだ。ちょっとほっとした。

北室長は、いつものようにニコニコと微笑《ほほえ》んでいるが、他の幹部の人たちは、明らかに不機嫌《ふきげん》そうだ。

ホント、何が起こったんだろ。

本倉町長は会議室を一瞥《いちべつ》し、職員たちが全員席についたことを確認すると立ち上がった。

会議室がしんとなった。

「皆さん……」本倉町長は大きく息を吸った。「南予町町長である私は、職員の皆さんに非常事態を宣言します」

職員席にざわめきが起こった。

「非常事態とおっしゃいましたか」

古参の職員が町長に質問した。

「うむ」本倉町長は重々しく頷《うなず》いた。「実は、知っている方も多いと思いますが、南予町は、自治体向けに風水害につながる天気予報を出している予報業務許可事業者と契約をしています。そこからの連絡によると、南予町では、本日夕方より雪が降り始め、明日の朝の積雪量は、平地でも七センチとなるとのことです」

南予町でも雪が積もることがあるんだと、私はちょっと驚いた。

愛媛県は、山間部をのぞいて、雪が降ることはあまりない。積もることは稀《まれ》だ。

確かに、七センチというのは、結構な量だけど、非常事態って、どういうことだろう。

全然判らない。

私と同じ気持ちなのだろう。職員たちは互いの顔を見合っている。

本倉町長はゴホンと咳《せき》払いをした。

「たかが雪と甘く見ないでいただきたい。日頃、積雪が見られない土地だからこそ、いったん積もると、思いがけない災害に繋《つな》がることがあります。南予町では、昭和に二度、五センチ以上の豪雪がありましたが、そのどちらでも犠牲者《ぎせいしゃ》が出ているのです」

へえ、そうなんだ。

そんな話は初めて聞いた私は、ちょっとびっくりした。

「それで、私は、非常事態を宣言することにしました。町役場の職員のみなさんは、そうした自然災害への対策をすでに持っておられると思いますが、是非《ぜひ》、所見を述べてもらいたい」

ええっ？　積雪七センチの対策ですか？

確かに、私がこの町の職員になる前に住んでいた松山でも、二、三年に一回、一センチ程積もることがあるけど、それも、朝のうちにすっかり溶けてしまう。だから、住民も雪には不慣れで、私が通っていた高校は、積雪量五センチで休校と決めている。通学用のバスが動かなくなる可能性があるからだ。タイヤのチェーンを持っている人も少ない。それでも、松山市は積雪七センチに何か対策しているのだろうか。

本倉町長は職員席を見渡した。

職員たちは、視線が合わないようにすっと顔を伏せた。

本倉町長の視線が、一ツ木さんに止まった。

「一ツ木君、どうだね。前町長肝《きも》いりで町役場に入った君なら何か意見があるだろう」

うわあ……。傍若無人《ぼうじゃくぶじん》に相手を見る癖があるから、こんな時にも目が合ったりするんだよ……。

私は、そっと一ツ木さんの横顔を見た。

でも、一ツ木さんは動じることもなく、席に座ったまま喋《しゃべ》り始めた。

「予想される降雪被害の一つには、農業用ビニールハウスの倒壊が考えられます。現在、南予町ではイチゴ、ホウレンソウをビニールハウスで栽培していますが、そのうちの二十八カ所で、ビニールハウスの構造、パイプの材質、劣化度合い等から、七センチの積雪で倒壊する可能性があります。そのビニールハウスの位置を書き込んだ資料を作成していますが、誰でも閲覧《えつらん》できるように既に役場のサーバーに入れてあります。場所は、一ツ木・災害・自然災害のフォルダーの中、『雪害とその対策』というファイルです」

「ほう。さすがに、一ツ木君だ。防災を担当する総務課の課長と、農業委員会の事務局職員は一ツ木君のファイルを読んで、対策を実行してください。……そうだ。知事にも連絡しないと」

本倉町長は、胸から携帯を取り出した。

「ち、ちょっと、町長……。知事に何を?」

椅子から腰を浮かせた矢野総務課長の質問に答えず、本倉町長は携帯を耳に当てた。

「知事、お忙しいところ申し訳ありません。南予町の町長、本倉でございます。実は、明日、知事に陸自の災害出動を要請いただくかもしれませんので、あらかじめご報告をと」

何ですと? 陸自って陸上自衛隊のことだよね?

会議室がざわついた。

「はっ? いえ、南海《なんかい》大地震の予兆とかではなく、豪雪対策です。南予町では、明日、積雪七センチと予報されています。……いえ、七十センチではなく、七センチです。えっ? 何とおっしゃいましたか? ボンクラ? 私の名前は本倉でございますが」

ああ……知事さん、町役場の職員が面と向かって言えなかった言葉をはっきり言っちゃったんだ……。気持ちは判るけど。

本倉町長は憮然《ぶぜん》とした表情で携帯を内ポケットにしまった。

「全く、あの知事は判っておられない。あらゆる災害の可能性に対して備えるのが地方自治体の役割ではないのかな」

うーん、言っていることは正しいんだけど、積雪七センチじゃなあ。

矢野総務課長が手を挙げた。

「ともかく、全部署に昼までに雪害対策案を出させます。その実行については、それから早急に検討に入るということで、どうぞ本倉町長は、ご安心下さい」

矢野総務課長の言葉に、職員たちが慌てて席を立った。このまま会議を続けたら、どんなことになるか判ったものじゃないと思ったのだろう。

私も他の職員たちと一緒に会議室を出た。

ちょうど、廊下を町長秘書の三崎紗菜さんが歩いていた。

「三崎さん、お疲れ様です」

紗菜さんは、何か本当に疲れたような微笑を浮かべた。本倉町長の秘書だと苦労も多いのだろうなあ。

「結衣ちゃん。大変なことになったね」

「どうしたのですか、本倉町長。今日は、いつにもまして変……いえ、がんばっておられるようですけど。昭和の二度の降雪で南予町には何か被害があったのですか」

紗菜さんは、顔を寄せると声をひそめて話し始めた。

「実はね、本倉町長は、高校時代に国立大学を志望していて、共通一次試験を受けたの」

「えっと、共通一次試験って、今の大学入試センター試験みたいなものですか」

「そう。でも、悪いことに、受験の時に雪が降ったらしいの。本倉町長は当日に、お父上の車で松山の試験会場に行くつもりだったのだけど、積雪で……」

「遅刻したのですか」

紗菜さんは首を振った。

「遅刻はしなかったけど、ノロノロ運転になって、試験会場に着いたのはぎりぎりだったって。本倉町長のお話によると、焦《あせ》ってしまって、実力が発揮できなかったらしいの。それで志望していた国立大学に入れず、浪人したのですって。どうやらそれがトラウマになって雪が怖くなったんじゃないのかしら」

そうだったんだ。

でも、迷惑だな。今年の大学入試センター試験はもう無事に終わってるし。私立大学の入試や愛媛大学の二次試験はまだ先だ。

「それで、もう一つの『豪雪』災害って何ですか」

「それは私も知らないわ」

「紗菜さんが知らないってことは、どうせたいしたことないんでしょうね」

「多分、そうだと思う」

「そうなんだ」

背後の声に振り返ると一ツ木さんが腕を組んで立っていた。

「一ツ木さん……」

紗菜さんの顔がみるみる紅潮《こうちょう》した。

いつになっても信じられないことだけど、紗菜さんは、この変人で傲慢《ごうまん》で傍若無人で面倒くさがりの一ツ木さんに心を寄せている。

「確かに本倉町長は雪害に対してナーバスになり過ぎているが、南予町ではそのくらいの心構えが必要だ」

「どういうことですか」

私は首を捻った。

「都市部と違って南予町のような過疎地において、災害は、どんな小さなものでもボディブローのように効いてくるんだ」

「一ツ木さんの言うこと、さっぱり判らないです」

一ツ木さんは、やれやれというようにため息をついた。

一ツ木さんのため息にはいつもむっとさせられる。

ええ、ええ。どうせ私は物知らずですよ。

一ツ木さんは、面倒くさそうに説明を始めた。

「あのね、過疎地で、高齢者が町を離れる理由の一番は健康問題だが、次に問題になるのは住んでいる家なんだ。日本の伝統的な建築は、継続的に補修を続けることが必須だ。手を抜き始めるとあっという間に雨漏りがおこり、畳も柱も腐っていく。南予町では、高齢者夫婦、もしくは独居老人が多い。そうした人たちは、災害で傷《いた》んだ部分を『子供たちが帰ってくるかどうかも判らないし』と修理することに消極的になる。しかし、傷んだ部分は、あっという間に広がる。気づいた時には、もう建て替えくらいしか方法がなくなっている。そして、高齢者は、もう子供たちの所に身を寄せようか、都市部の介護施設に入居しようかと考え始める。そうしたことのきっかけとなるのが、台風とか、地震とかだ」

そうなのかな。

「こんな言い方はなんですけど、そうした人たちは、いずれ南予町から移られるんじゃないですか」

一ツ木さんは首を振った。

「確かに高齢者はいずれ移住するか、亡くなるかだ。しかし、仮に、体が動く間は南予町でがんばって暮らしてくれるとしよう。そうすると、盆や暮れ等にその人の子供一家は南予町を訪れる。彼らにとって南予町は故郷であり続ける。それなら、子供は定年の時にひょっとしたら南予町に戻ってくるかもしれない。孫だって、都会の生活に疲れて田舎《いなか》暮らしをしようとした時に、南予町の家を思い出すかもしれない。縁もゆかりもない所に移住するより、故郷に戻ることの方が敷居が低いからだ。しかし、高齢者が都市部の子供の家に引き取られたり、介護施設に入居していたら、子供一家にとって、南予町は祖父母もいない、家もなくなっている土地になる。つまり、高齢者が早く南予町から離れると、その子孫たちとの縁も切れるんだ。移住を考えることがあったとしても、南予町を選ぶ理由がなくなる。沢井さんもお祖母様がいたから、この町の職員の試験を受けたんだろう。だから、小さくてもそういう可能性がある間は、高齢者にはがんばってもらわないと困る。つまり、災害は、戻ってくるかもしれない子供、孫……そうした可能性を根こそぎ潰《つぶ》す恐れがある。軽視はできない」

一ツ木さんの言っていることは判った。でも……。

「でも、ひょっとしたら、高齢者の中には、まだ元気なうちに子供さんの家に移った方が幸せという人もいるかもしれませんよ」

「何が幸せかは個人の問題だ。僕は、南予町を存続させるために人口が維持されれば、それでかまわない」

私は、数しか考えていない一ツ木さんに、ちょっとむっとして、皮肉を言いたくなった。

「七センチくらいの積雪でそうなら、南海大地震が起きたりしたら、南予町は終わりですね」

皮肉のつもりだったのに、一ツ木さんは大まじめに頷いた。

「その通り。大災害は、日常に起きる小さな被害とは、全く性格が異なる。国や自治体からの補助もある半面、ほぼ全世帯が一斉に被害を受ける。小さな災害の連続と大災害が重なったら、結果は重大なものになる。だから、せめて大災害が起きるまでに少しは状況を改善しなくてはならない。ただ、それには時間がかかる。もし近いうちに東南海・南海地震が発生したとしたら、いくら北さんと僕ががんばっても、沢井さんの言う通り、南予町は終わるだろうね」

北室長と一ツ木さんががんばってもって……私は数に入ってないのですか……。

まあ、私なんかじゃ力になれないのは判っている。

でも、ちょっとがっかり。

私が傷ついたのを察したのか、慌てて紗菜さんが、「大丈夫ですよ。沢井さんもがんばってますし」と言ってくれた。

一ツ木さんはやれやれと言うように頭《かぶり》を振った。

「前町長は、沢井さんに災害対策とか移住推進とかいうことを期待して推進室に入れたわけじゃないと思う。多分、前町長が沢井さんに期待したのはもっと別のことだろう」

「どういうことですか」

「さあね」

一ツ木さんは、私の質問に答えず、背を向けてさっさと歩いていった。

こういう投げっぱなしの話し方をする一ツ木さんって、どうしても好きになれない。でも、『別のこと』って、どういうことだろう。

ぼんやりと一ツ木さんの背中を見送っていたら、北室長が会議室から出てきた。

「おやおや、美人が二人で何の相談かな」

「ですから、そういうのってセクハラぎりぎり発言ですよ」

私は腰に手を当てて、ちょっと北室長を睨《にら》んでみせた。

「そうなのですか」

北室長は狸《たぬき》に似た目をぱちぱちとさせた。

「そうでもないですよ。沢井さんは冗談《じようだん》を言っているのだと思います」紗菜さんは、にっこり笑った。「それでは、私は業務に戻りますので失礼します」

紗菜さんは北室長に一礼をすると、町長室の方に戻っていった。

「北さん、今まで会議室に残っていたのですか」

「はい。本倉町長があまり張り切りすぎて変なことにならないように、少しお話をしていました」

私は、北室長と歩きながら、さっきの一ツ木さんの話を伝えた。

「なるほど。実に一ツ木君らしい考え方ですねえ」

北室長は感心したように頷くと、推進室のドアを開けた。

やっぱり一ツ木さんは、外国語の本に熱中していた。

「一ツ木君、中断していた朝の将棋の続きはどうですか」

「いいですねえ」

頷いた一ツ木さんは、机の下の段ボール箱からミカンを取り出した。

うーん。ミカンは美容や健康に良いって言われているけど、そんなに食べたら、やっぱり顔や手が黄色くなっちゃうと思うけどなあ。

「次は、私の番でしたよね」

北室長は机の上に置いてあった将棋盤を眺めた。

「はい。北さんの番ですよ。多分、５五歩《ふ》と打たれるのでしょうが」

「えっ？」

将棋の駒を摘《つま》んだ北室長の手が止まった。多分、持っているのは歩なんだろうなあ。きっと、今回も一ツ木さんの勝ちだろう。

「北さん。さっき、三崎さんに聞いても、知らないって言われたんですけど、二度あった昭和の『豪雪』の被害って、本倉町長の受験失敗と、もう一つは何なんですか」

一瞬、北室長の表情に陰がさした。

「うーん。推進室の人には伝えておいた方がいいかもしれません。……ずいぶん、昔……前の大戦中のことですね。当時の南予村出身で隼《はやぶさ》という戦闘機のパイロットだった人がいたのですが、戦死してしまったのです。その知らせを聞いた奥様は心を壊してしまわれました。周りの人は、日に日に衰弱《すいじやく》するその女性をずいぶんと心配していたのですが、その女性は、雪の降る夜に、寝間着のまま家を飛び出しました」

一ツ木さんは読んでいた本から目を上げた。

「それでどうなったのですか」

「遠目にその姿を見た近所の人が追いかけたのですが、見失いました。翌日、村人総出で探したのですが行方不明のままです。どこかで亡くなったのでしょう。雪はその晩中降り続け、翌朝は一面、雪化粧だったようです」

私は南予町でそんなことがあったなんて知らなかった。

「私の祖母は話好きですけど、そんな話、一度もしたことはありません」

北室長は頭を振った。

「そうでしょうね。ご主人だった隼のパイロットは、亡くなって軍の英雄になりました。その奥様が悲しみのあまり心を壊されて行方不明……しかも自殺の可能性が高いというのは、当時の考えでは重大な不祥事《ふしょうじ》だったのです。大変なタブーになって、早々に捜索も打ち切られました。それ以降、村の人は絶対にその話題を口にすることはなくなったのです」

「でも、今はとっくにそんな時代じゃなくなりましたが」

北室長は、また頭を振った。

「タブーであるという気持ちは、時代の流れが変わったくらいでは消えませんよ。ですから、お祖母様も沢井さんには話さなかったのでしょう。ずっと南予町に住んでいても、戦後に生まれた人は、殆《ほとん》ど知らないでしょう」

　一ツ木さんが首を傾《かし》げた。

「本倉町長はご存じのようでしたよ。それに北さんも戦後の生まれですよね。どうして、その話を知っているのですか」

「行方不明になった奥様は、本倉町長の大叔母《おおおば》にあたります。一族には伝えられているのかもしれません」

「北さんは？」

「私は、南予町のことを書き残そうとしています。それで、古老からいろいろと教わったのです。ただ、この話を聞き出すのにはずいぶん苦労をしました」

　その時、一ツ木さんの目が鋭《するど》く光った。

「書き残す？」

　一ツ木さんの問いに、北室長は、「単なる趣味です」と笑って答えた。

　いやいや、一ツ木さん。北室長の趣味のことなんか、この際どうでもいいですよ。

「北さん。それは悲しい話だと私も思いますが、その女の人の死は雪のせいじゃないですよね。本倉町長のご懸念《けねん》はちょっとピント外れではないですか」

「まあ、そうですねえ」

　北室長は小さなため息をついた。

「それに、本倉町長は、ずいぶん知事に怒られているようでした。知事のことは、テレビで観たことしかないですが、冷静そうな方に思えました。その知事が『ボンクラ』って、罵《ののし》るなんて。本倉町長は今までどんな話を知事にされたのでしょう。あの様子だと、何度もご迷惑をかけているんじゃないですか。もう、知事にとって本倉町長はオオカミ少年になっているとか」

「オオカミ少年ですか……」

北室長は、そう言うと何か考え込んでしまった。

「やっぱり、南予町の町長が、知事や県庁からオオカミ少年と思われているのはまずいですよね。……北さん?」

「あっ、ごめんなさい」北室長は顔を上げると頭を掻《か》いた。「つい、別のことを考えていました。沢井さんの『オオカミ少年』という言葉で、私が子供の頃にテレビで放映されていた『狼少年ケン』というアニメを思い出しまして」

「はあ?」

「その『狼少年ケン』というアニメは大ヒットしたのですが、私は観られなくてずいぶん悔《くや》しい思いをしたのですよ」

「観られないって、テレビがなかったのですか」

「いやいや」北室長は手を振った。「テレビはありましたが、南予町では受信できなかったのです。沢井さんのような若い方には実感できないでしょうが、私が子供のころは、南予町で受信できるのは、NHK総合と教育、それに、民放が一波だけでした。その民放が『狼少年ケン』というアニメを制作していた局の系列ではなかったので、観られなかったのですよ。当時、子供向けの雑誌にこのアニメが紹介されていて、それを読んだ私は観たかったのですけどね。あと、大阪から遊びにきた従兄弟《いとこ》が、南予町では、『狼少年ケン』が観られないと知って、早く大阪に帰りたいとだだをこねたりもしました。今なら、衛星放送、ケーブルテレビ、インターネット、ビデオレンタルなどがありますから、そんなことは起こらないのですが」

はあ……。『狼少年ケン』ですか……。

北室長って、時々、深い洞察をすることがあるけど、今日の北室長は、冬眠中の狸だよ。まったく、寒くなると碌《ろく》なことがないようだ。

「でも、北さんがアニメを楽しみにしていたなんて、ちょっと意外な感じがします」

「私にも子供時代はあったんですよ。『ゲゲゲの鬼太郎《きたろう》』なんか、特に面白かったですね」

「えっ？　『ゲゲゲの鬼太郎』は私もファンでしたけど、北さんも観ていたんですか」

いつの間にか、読書に戻っていた一ツ木さんが、また段ボール箱からミカンを取り出した。

「北さんが言っているのは、多分、第一シリーズのことだよ。六〇年代のモノクロ作品だ。沢井さんが観たのは、年齢からして第五シリーズじゃないかな。第四シリーズだと物心がついたかつかないかのころだからね。ちなみに僕はビデオやＤＶＤ、それにネットで全部観たけど、リアルタイムで観たのは、第三シリーズだな」

「ほう。第三シリーズというと、鬼太郎がオカリナを武器に戦うやつでしたかね」

北室長が身を乗り出した。

「ご存じなのですか」

一ツ木さんが意外そうな目で、北室長を見た。

「弟や子供たちと一緒に、第一シリーズから第五シリーズまで観ました。ただ、全部というわけではないです。愛媛県では第四シリーズは途中で打ち切られましたから。それはともかく、どのシリーズもいろいろと特色があって楽しかったですね」

「特色と言いますと?」

「たとえば、妖怪と人間の関わり合い方などです」

一ツ木さんは、うんうんと頷いた。

「僕もそう思います。妖怪が代表する『自然』と、人間との関係は、時代によって変わっていきましたから」

「いやいや。初期の『ゲゲゲの鬼太郎』では、『妖怪』と『自然』は決して……」

北室長と一ツ木さんは、『ゲゲゲの鬼太郎』の二人フォーラムに熱中し始めた。

いいのかなあ。

町役場全部が、明日の積雪に備えて大わらわの時に。何か、ピントが外れていても熱心に対策を進めておられる本倉町長が立派に思えてきた。

アニメの話に加われない私は、しかたなく、北室長に指示されている業務を続けることにした。ちょっと前まで、地図に住民の性別や年齢別に決めた印を記入していた。今は、住んでいる家の間取りや築年数を記入している。北室長が、なぜそんなことを私にさせるのか気にはなっているが、ひょっとして、さっきの一ツ木さんの話に繋がるようなことなのかもしれない。

私は、一軒、一軒について調べた内容が書かれたメモを手に、『4K、木造築二十五年』とか、地図に加えていった。

ただ、本当に古い木造建築が多い。一ツ木さんの言うように東南海・南海地震が起こったらどうなるんだろう。

通勤路の側《そば》のあたりのことを地図に書き込んでいて、私は「あっ」と声を上げた。

「どうかしましたか」

一ツ木さんに、「鬼太郎のパートナーの猫娘《ねこむすめ》は、新しいシリーズだと可愛《かわい》くなりすぎて、私たち古い世代には……」とか言っていた北室長が、私の方を見た。

「声を上げてしまってすみません。ちょっと、気になることを思い出しまして」

「気になることといいますと?」

「私の幼馴染みのテッちゃん……菊田鉄雄君は、お父様の小さなお店を手伝って、山間地の移動販売や配送をしているのです」

「知っています。山奥に住んでいる自動車の運転ができない高齢者の方に、食材や日用品を軽トラで届けているのですよね。頼めば、薬なんかも買ってきてくれるとか。ネット販売とかでは届けてくれないような所にも行っているそうですね」

私は頷いた。

「はい。それだけでなく、山の畑で収穫された作物の出荷なども手伝っているそうです。そんなことをしながら、消防団や青年団の活動も続けていて、本当に立派だと思います」

「その菊田君がどうかしましたか」

「確か、明日も配送するはずなのですけど、雪が……。七センチの積雪といっても、山道だと危ないのではないでしょうか。山間地だともっと積もるかもしれないですし」

片手でミカンの皮を剝き、本を読みながら北室長と猫娘談義をしていた一ツ木さんが、ふんと鼻を鳴らした。

「彼の販売車のベースになっている軽トラ……富士《ふじ》重工業のスバル・サンバーは、素晴らしい四輪駆動車だ。多少の雪なら、チェーンをまいて慎重に運転する限り大丈夫だろう。しかし、あのタイプが生産中止になったのは実に惜《お》しい。僕も今の車がなければ、あの車を買ったかもしれない」

「軽トラがですか」

一ツ木さんはやれやれというように頭を振った。

「スバル・サンバーは名車だ。別名を、『農道のポルシェ』という。価値が判らない人というのは、本当にどうしようもないな」

北室長が微笑んだ。

「まあまあ。沢井さんには、他にも気にかかることがあるように見えますよ」

ちょっと迷ったけど、結局、私は話すことにした。

「実は、朝起きた時は気分も良かったのですけど、祖母に、『雪が降りそう』って言われてから、なんだか不安な感じが続いているのです。特に通勤の時に菊田君の軽トラの側を通った時には、何か怖いような気分になってしまって」

「軽トラに?」

「軽トラというよりも、軽トラが駐まっている空き地です。菊田君の軽トラが駐車していない時にもその場所は何か不吉な感じがするのですけど、今朝は特に……。笑われるかもしれませんが、何かの前兆だったら嫌だなって」

「不吉な感じがする場所?」一ツ木さんが読んでいた本から目を上げた。「それ、どこ?」

「お稲荷《いなり》さんの少し手前、古い用水路の脇の空き地です。菊田商店の駐車場はお客さんが使うこともあるから、移動販売用の軽トラは、そこに駐めているそうです」

「面白い、行ってみよう」

一ツ木さんは、ミカンの皮をゴミ箱に放り込むなり、立ち上がった。

はいはい。一ツ木さんなら、食いつくと思っていましたよ、この手の話。

「行くって、一ツ木さん、どうやって行くのですか。多分、雪害対策とかで、町役場の車は出払っていると思いますよ」

一ツ木さんはふっと笑った。

「ラッキーなことに、今日は自分の車で出勤している。沢井さんも連れていってあげるよ」

一ツ木さんの言葉に私は全力で首を振った。

一ツ木さんの車って、重量のかなりの部分が錆《さび》になっているんじゃないかって車だ。いつバラバラになるか判らない。いや、バラバラになるのは全然かまわないけど、それが私が乗せてもらっている時だったりしたら、すごく嫌だ。

「私、スクーターで先導しますから」

「そうなの？」一ツ木さんは少し残念そうに言った。「最近、助手席の床が抜けたから、足下に地面が見えるんだ。結構、面白い経験ができると思うが」

私は息を呑《の》んだ。

「あの……、さっき先導するっていいましたけど、やっぱり一ツ木さんの車の後から付いていきます。スクーターは速度が遅いですし」

一ツ木さんの車、ブレーキだって怪しいと思う。追突されるのは絶対に嫌だ！

「ここ？」一ツ木さんは、テッちゃんの軽トラが駐車している場所を指で差した。「特に変な感じはしないが、沢井さんは、まだ何か感じている？」

「はい」

一ツ木さんは、ふーんと言うと、軽トラの回りを一周した。

「いつ見てもいい車だな。生産中止になったのは、本当に惜しい」

いやいや。この際、軽トラの評価はどうでもいいですから。

「一ツ木さん、空き地の方も見て下さいよ」

「見てるよ。少し窪地になっている他に、別段特徴はない。窪地の縁に小屋か何かの跡。昔は農機具小屋でもあったのかな。あと、周りは、山に続く傾斜地に、長年使っていないような水路と、沢井さんが通勤に使っている道。……まあ、怖がるようなものは何もないね」一ツ木さんは私の方を見た。「沢井さん、そんな端っこじゃなくて、こっちにおいでよ」

私は一ツ木さんの誘いとは逆に、一歩後ずさった。この窪地の中には入りたくない。

その時、自転車がこっちに向かってくるのが見えた。漕《こ》いでいるのはテッちゃんだ。

「よお、結衣ちゃん」

「こんにちは、テッちゃん。これから移動販売？」

「そうだけど。店で商品積んでから出るよ」テッちゃんは自転車のカゴに入っていたレジ袋を手に取った。「あと風邪薬の注文があったから、薬局で買ってきた。ここのところ寒いから、風邪に罹《かか》った人が多いみたいだ。でも、なんで結衣ちゃんと町役場の人がこんな所に？」

「町役場が契約している天気予報の会社が、『南予町は今晩から雪が降り始めて、明日の朝は、七センチくらい積もるだろう』って言ってるらしいの。テッちゃん、明日も移動販売に行くんでしょ？　山の雪道、大丈夫？」

テッちゃんは豪快に笑った。

「大丈夫だよ。里の人は気づかないけど、今までも山の方では結構、積もることもあったんだ。だから、慣れている。チェーンも積んでいるし。まあ、ゆっくり走らないといけないから、明日は早めに出ないといけなくはなるだろうけど。でも、この軽トラ、馬鹿にしたものじゃないんだぜ。『林道のポルシェ』って言われているんだ」

うーん、『農道のポルシェ』とか『林道のポルシェ』とか……、ともかく、何かすごい軽トラなのかも知れないけど……。

「なるほど」一ツ木さんが嬉しそうに頷いた。「君は、なかなか価値が判る男らしい」

テッちゃんがちらりと一ツ木さんの車を見た。

「あれ？　誰かが廃車を不法投棄《ふほうとうき》してるみたいだ。警察に連絡しないといけないかな」

テッちゃんの言葉に一ツ木さんの眉《まゆ》が上がった。

私は慌てて、テッちゃんの袖《そで》を引き、「あれは、あの人の車。一応、現役。前に、巫女《みこ》さんの件の時に見たでしょ」と小声で言った。

「あっ」テッちゃんはばつが悪そうに頭を掻いた。「すみません。あの時は、夕暮れだったから、こんな錆だらけの車と判らなくて……。いや、そうじゃなくて、シルエットは格好いいです」

ああ、テッちゃん。それフォローになってないから。

「僕は君のことを買い被《かぶ》っていたようだ」

一ツ木さんは、ぷいと横を向いた。

やれやれ。

時々、一ツ木さんはこんな子供じみた反応をする。

「ともかく、雪道でも俺は大丈夫だから」

テッちゃんは慌てて話題を変えた。

「そのことなんだけど」私はちょっと眉を顰《ひそ》めた。「こんなこと言うと、テッちゃんは笑ったり、馬鹿にしたりするかもしれないけど、今回はちょっと特別なの」

「特別って？」

私は、今朝、お祖母ちゃんから『雪が降りそう』って言われてからの変な感じについて話した。きっと、テッちゃんは、途中で吹き出すと思っていたけど、真剣な表情で話を聞いてくれている。それどころか、どんどん表情が険《けわ》しくなっていった。

「結衣ちゃんもか……」

「私もって？」

「本当を言うと、俺もこの空き地ではそんな気分になることがあるんだ。ここを借りている親父には恥ずかしくて話せなかったけど、子供の頃から、この空き地に入る時には、何か嫌な気分になるというか、ちょっと怖いような気がする。最近、雪が降った時なんかには、特に……」

「テッちゃんもなんだ」

今まで気のせいとばかり思っていたけど、私だけじゃなかったんだ。

「あと、結衣ちゃんの話にはなかったけど、俺にはもうちょっと別なイメージが頭に浮かんだことがあるんだ」

「どんなイメージ？」

「軽トラを発進しようとした時に」テッちゃんはぶるっと体を震わせた。「何か女の人の視線を感じるような気がしたんだ。そして、ちらっとだけど、頭の中に、何か怒っているような白い着物の女性の姿が浮かぶことがあるんだ」

あっ……。

「なんだか、私もそんな気がしてきた。誰かに見つめられているような感じがすることがあったけど、あれ、確かに女の人の視線だ」私は一ツ木さんを振り返った。「一ツ木さん、どういうことでしょう」

「知らないよ」

一ツ木さんは、またぷいっと顔を背《そむ》けた。

一ツ木さん、まだ機嫌が直ってないんだ。

私はテッちゃんの顔をまっすぐ見た。

「ねえ、テッちゃん。明日の移動販売は中止にできないかな。私、本当に不安になってきたの」

テッちゃんは首を振った。

「それはできない。お客さんが待っている。決まった日にはどんなことがあっても、必ず移動販売車は来てくれる。そう思うから、山の奥でも一人暮らしのお爺《じい》さん、お婆《ばあ》さんが住むことができるんだ。だから、休むことはできない」

「ほう」話を聞いていた一ツ木さんがニヤリと笑った。「また、僕は見損なっていたようだ」

私もテッちゃんの言葉に感心した。

今までは小さい頃のイメージでテッちゃんを見ていたかもしれないけど、今のテッちゃんは、もうすっかり大人だ。私なんかより、よっぽど真剣に生きているんだ。なんだか、ちょっと眩《まぶ》しい。

「でも、明日だけは……」

「誰かがやらないといけないことだよ。だから、俺がやるんだ」テッちゃんは、にっこりと笑った。「じゃあ、俺、行ってくらい」

テッちゃんは、南予町の方言で言うと軽トラに乗り込んでエンジンをかけた。

「行ってきなはい……」

しかたなく、私も南予町の言葉でテッちゃんを見送った。

「あの軽トラ、やっぱりいい。富士重工業のエンジンの音は特別だな」

私の不安な気持ちなんかどうでもいいのか、一ツ木さんは、上機嫌で小さくなっていく軽トラを見つめている。

「一ツ木さん、一体、どういうことでしょう。怒った顔の白い着物を着た女性って、まるで『雪女』みたいですね」

一ツ木さんはフンと鼻を鳴らした。

「馬鹿馬鹿しい。気候が温暖な南予町で雪女？　雪女伝説はほとんどが東北、北陸のものだ。愛媛県にも似たような話はないではないが、『雪婆《ゆきんば》』と言って、いわゆる『雪女』とは、姿形も性質も全く違う。菊田君の言っていた白い着物を着た女性というのには当てはまらない」

「それじゃあ、私やテッちゃんが感じているものって何なんでしょう」

「さあね。まあ、ともかく、僕は早退させてもらう。北さんにはよろしく伝えてくれ」

「えっ？　どこに行くのですか」

「隣町のビデオレンタル店。北さんと話したり、雪女とかの話をしているうちに、また『ゲゲゲの鬼太郎』を観たくなった。あと、町立図書館」

そう言うと、一ツ木さんは自分の車の方に戻っていく。

「町立図書館に何をしに？　『ゲゲゲの鬼太郎』の原作の漫画は、置いてませんが？」

私の質問に答えず、一ツ木さんは空を見た。

「雪が降り始めたようだ」

私の広げた手のひらに、一片の雪が舞い落ちた。


降らないで……と、祈っていたのに、夕方になって雪は強くなった。

町役場から戻った私は、早々に夕食と入浴をすませると自分の部屋に戻った。

この季節、南予町は夕方の六時を過ぎると暗くなるが、今日は、窓の外が明るい。

……部屋の光が外で降っている雪に反射しているんだ……。

私は窓を開けた。

雪は降り続いている。

少しの間、外を見ていたが、流れ込んでくる冷気で体が震えた。

私は窓を閉め、カーテンを引いた。

やっぱり不安な気分は続いている。私は椅子に座ると、読みかけになっていた小説を開いた。

時々、カーテンを少し引いて外の様子を窺《うかが》った。でも、雪はずっと降り続いている。

ベッドの中に入ってもなかなか寝つくことができなかったが、夜明け前あたりから少し眠ったようだった。はっと気づくと、外はもう日が出ていた。

窓から外を見ると、やっぱり、かなり雪が積もっていた。

「おはよう」

洗面をすませて座敷に入ると、お祖母ちゃんが朝食を並べていた。

「今日はスクーターじゃなくて、歩きなんでしょう？　だから早めに朝食にしましょう」

「忘れてた。手伝えなくてごめん」

「こんな雪の日くらい、お休みすることはできないの？」

お新香《しんこ》に箸《はし》をつけていた私は首を振った。

「休めないよ。町役場の職員は、雪かきとかしなくちゃならなくなると思う」

「ころばないように気をつけて」

私は、「うん」と頷いた。

朝食を終えると、ダウンジャケットを着て玄関を開けた。

スクーターのシートにもハンドルにも雪が積もっている。

「気をつけて、行ってきなはい」

「行ってきます」

私は門を出た。

ブーツの下で踏まれた雪がキュッキュッと音を立てている。

今日はテッちゃんは早めに出ると言っていたけど、さすがに、まだ、出発していないよね。

空き地が見えてきた。

軽トラが駐まっていた。

私はほっとして空き地に近づいた。

空き地に近づくにつれ、やっぱり、何か不安な……何か怖いような気分がしてきた。

空き地の手前まで行って、テッちゃんが軽トラの側にしゃがみ込んでいるのが判った。

私は、窪地の縁の所まで近づいた。

そこから先には、やっぱり行けない。

「こんなに早くから準備しているの？」

「今日は、一番奥の集落を回る日だ。それに、言っただろ。雪道はスピードが出せない。早く出発しないといけない」

「やっぱり行くんだ」

「行くよ」

テッちゃんは、顔も上げずにチェーンをタイヤにつけている。

私はそれ以上何も言えずに、じっとテッちゃんの作業を見つめていた。

突然、後ろで大きな音がした。

振り返ると、ボロボロの車が溝に落ちていた。

開いたドアから、「やっぱり、雪の日は四駆じゃないとダメだな」と言いながら、一ツ木さんが出てきた。

「一ツ木さん、どうしてここに？」

「菊田商店に電話したら、菊田君は空き地に行ったと言われた。多分、この場所が怖くなる理由が判ったと思う」

一ツ木さんは、溝にはまったタイヤを調べながら答えた。

私とテッちゃんは顔を見合わせた。

「理由があるんですか」

一ツ木さんは、長い髪をボリボリと掻いた。

「うーん。こいつを引っ張り出すにはジャッキがいるかなあ……」

「一ツ木さん!」

「ああ、沢井さんたちが、この空き地を怖がっている理由ね。見ての通り、この空き地の大半は窪地になっている。しかも、側には、使われていない古い水路と何かの小屋跡がある。もしかしてと、町立図書館に行って古い地図を調べてみた。思った通りだった。この空き地は昔、農業用のため池だったんだ。ため池と言っても広さは八十坪ほどだけど、深さが二十メートルくらいあったらしい。そこから水路に水を流していた。小屋にはポンプが設置されていたんだろう。ただ、水路の整備でもっと上流から水をひくことができるようになって、そのため池は不要になり、埋め立てられたのだそうだ。もっとも、単に土や石を放り込んだだけだから、長い年月で、中央が少しへこんでしまった」

「それと、ここで私たちが何か怖い気分になるっていうのは、どんな関係があるのですか」

一ツ木さんは、ゆっくりと窪みの縁を歩いた。

「そのため池はとても深いものだが、昔のことなので柵なんかいいかげんなものだったのだろう。多分、沢井さんのお祖父《じい》さんかお祖母さんかが、危ない場所だからあっちに行ってはいけないと、幼い頃の沢井さんに言い聞かせたんじゃないかな。埋め立てられたのは君たちが二、三歳のころだから、危ない場所という記憶だけが残ったんだろうね」

私は首を捻った。

「でも、怖い顔をした白い着物の女の人のイメージが頭に浮かぶっていうことの説明にはなっていませんよ」

一ツ木さんは、少し首を傾げたまま、窪みの縁を進んでいる。

「松山で育った沢井さんと、南予町で育った菊田君が同じイメージを持つ……。それって、どういうことだろうと、僕は考えた。それで、これは、ひょっとしてマスメディアの影響じゃないかと思ったんだ」

「マスメディアって？」

「テレビだよ。二、三歳の幼児が同時に同じ映像的影響を受けるとしたら、テレビの可能性が高い。それで、『雪女』のようなイメージだということで、『ゲゲゲの鬼太郎』について調べてみた。沢井さんは第五シリーズを観たと言っていたけど、二、三歳の時に第四シリーズが放映されている。『雪女』は人気があるのか、多くのシリーズで登場しているが、第四シリーズでもあった」

「それを調べるために、昨日、ビデオレンタル店に行ったのですね」

一ツ木さんは頷いた。

「そう。それで第四シリーズの『雪女』の回を観てみた。その回、鬼太郎は洞窟《どうくつ》の中で雪女に襲われている。これは、可能性だけど、沢井さんが深いため池を恐ろしい場所だと教わったのと、洞窟に出現する雪女が出てくるアニメを観たのは、同時期じゃないのかな。それでイメージが混同したとか。どう？」

「あっ……。そうかも知れないです。私、はっきりとは覚えていないけど、すごく小さい時にも『ゲゲゲの鬼太郎』を観た記憶があります」

「俺もだ」しゃがんでタイヤチェーンを装着していたテッちゃんが、雪の上にどさりと座り込んだ。「それじゃ、俺の頭に浮かんだイメージって……」

「なんだ……。洞窟に出てくる『雪女』……。一ツ木さんに言われて、なんとなく思い出してきた」私の体から力が抜けた。「私たちが嫌な気分がしていたのはそういうことだったのね」

私とテッちゃんはお互いに顔を見合わせると苦笑いした。

「それが判ると、なにか、ここも普通の場所みたいな感じがしてきた」

私は、窪地に足を入れた。

ここに入ったのは多分、生まれて初めてだろう。

テッちゃんも笑いながら立ち上がった。

「ただね」窪みの縁をゆっくりと歩いている一ツ木さんがぼそりと言った。「その第四シリーズは、北さんも言っている通り、途中で打ち切られた。『雪女』の回は、当時、愛媛県のテレビ局では放映されていない」

「えっ。私たち、観ていないのですか」

一ツ木さんは首を振った。

「沢井さんは観ている。『ゲゲゲの鬼太郎』は、広島のテレビ局でも放送されている。沢井さんは当時松山に住んでいたようだけど、松山なら瀬戸内海《せとないかい》を越えて、広島の地上波が入る。沢井さんが観たのは、多分、そっちの方だ」

「じゃあ、俺は？　俺んち、その時は地上波しかなかったはずだけど」

一ツ木さんは、また首を振った。

「君は、当時観ていないんだよ」

「それじゃあ」

「菊田君は、昭和の降雪の時の悲劇を知ってる?」

「何ですか、それ?」

「戦争中に、夫が戦死して、心が壊れてしまった女の人が南予村に住んでいたんだ。その人は、雪の日に寝間着のまま家を飛び出していなくなってしまった。捜索したけど、結局、見つからなかった……という話」

「聞いたこともないですけど。でも、当時の寝間着って、ひょっとして……」

一ツ木さんは頷いた。

「もし君が今見たら、雪女が着ている白い着物に見えるかもね。ちなみに、その女の人の夫が乗っていた隼という名戦闘機は、中島《なかじま》飛行機というメーカーが作ったのだが、戦後、その会社は富士重工業と名前を変え、菊田君の軽トラ……スバル・サンバーという名車を生み出した」

「ひょっとして、一ツ木さんがこの窪地に入ってこないのは……」

一ツ木さんは、窪地の縁で立ち止まった。結局、一ツ木さんは窪地の縁にそって歩くだけで、中に入ってきていない。

「南予村の人たちは彼女を見つけられなかったけど、どうやら、彼女は入水《じゅすい》自殺をしたようだ。ため池は氷と雪に閉ざされたから、彼女の遺体は見つからなかったのだろう」

一ツ木さんは窪地の中央を見た。

私とテッちゃんは、思わず足下を見た。

「じゃあ、俺が感じている女性の気配って……。怒っている女性って……」

一ツ木さんは、ほっとため息をついた。

「彼女はね、多分、怒っているんじゃない。きっと、危ないから行かないでと、必死に菊田君を止めているんじゃないのかな」

一ツ木さんは呟《つぶや》くように言った。

# 第六話　空き家の灯《あか》り

「役場のお姉ちゃん。ここに植えてもいい？」

小学四年生の女の子が私に聞いた。

「いいよ。好きなところに植えてね」

南予町の北側にある山の、なだらかな斜面に、十四、五人ほどの小学生が小さなスコップで植林している。そのスコップは、町役場が貸し出したものだ。

彼女たちは南予町の子供ではない。南予町は廃校になった分校を改造して、松山や広島にある進学塾に貸し出しているが、そこで開かれた春季合宿に参加している子供たちだ。

その分校は、先々代の町長が廃校にした。校舎は取り壊す予定だったが、前町長は、どんな形であろうと教育の場として残そうとがんばった。教育と医療と仕事は、地域が生き残るための最後の砦《とりで》だというのが、前町長の信念だったからだ。今は合宿所でも、いつか分校として復活するかもしれない。

苗木《なえぎ》を手にした町役場の同僚の一ツ木さんは、首にかけた手ぬぐいで汗を拭《ふ》いている。

実は、塾の合宿中のレクリエーションということで、この植林体験イベントを企画したのは一ツ木さんなんだ。

「こんな小さいのが大きくなるのかな」

子供の一人が不思議そうに手にした杉の苗木を見つめていた。

大人用のスコップを振るっていた一ツ木さんは、ちらりとその苗木を見た。

「それは、運次第……」

私は慌《あわ》てて、「なるよ、きっと！」と話に割り込んだ。

「この木、大きくなったら本当に僕のものになるんですか」

さっきとは別の男の子が質問した。

「そうですよ」

植林の様子を見守っていた北室長が、例の狸顔《たぬきがお》でにっこり笑った。

「何に使ってもいいんですか」

「もちろんです。あなたが、どこかで自分の家を建てる時に柱にしてもいいですし。家具を作ってもいいです」

一ツ木さんも頷《うなず》いた。

「僕も一本、貰《もら》った。僕のは楢《なら》の木だ。育ったら炭焼きに挑戦しようと思っている」

「ええっ？　せっかく育てたのに燃やしちゃうんですか」

最初に質問した女の子が目を丸くした。

「いや。炭の研究に使うのは枝の方だ。幹の方は……」

一ツ木さんは、女の子に真面目《まじめ》に答えている。今朝《けさ》は、「山になんか行くのは面倒くさいな」なんて言っていたけど、けっこう、この作業が気に入っているようだ。

「美しいですねえ」

北室長が南予町を見下ろしながら、目を細めた。

私は、北室長の視線の先を追った。

三方を山に囲まれた南予町が一望のもとに見渡せた。

山々の山腹には、ちらほらと桜が咲いている。東の山に咲くソメイヨシノは、これから満開を迎えるというところだ。

町の中央を流れる川の両岸のソメイヨシノは、満開を少し過ぎて、花を散らしはじめたようだ。

西の小さな漁港では、朝、出港した船が戻ってきていた。

「きれいですね」

私は、あまりの美しさにほっと小さな息を吐いた。

「本当に。きっと、南予町に人がいなくなっても、桜は咲き続けますし、人の営みの記憶もずっと残っていくのでしょうねえ」

「はい？」

北室長の言葉の意味がよく判らなくて、私は聞き返した。

「そろそろ、終わりのようです」

「終わりって……」

「植林のイベントですよ。もうみんな、自分たちの木を植え終わったようです」

小学生を引率《いんそつ》してきた塾の講師が「みんな集まれ！」と、大きな声で子供たちを呼んだ。

小学生たちは、町役場が用意したバスに乗って、合宿所に戻っていく。

「それじゃあ、私たちも下りましょうか。そろそろ、花見が始まりますし」

そうそう。今週は、町の桜祭りなんだ。南予町では、私が一番お気に入りの日。

私たちは、何か忘れ物がないかと確認してから、一ツ木さんの運転する町役場の車に乗って、山を下りた。

一ツ木さんは、ハンドルを握《にぎ》りながら何か考え込んでいる。

「一ツ木さん、どうしたのですか」

心ここにあらずで事故を起こされてはたまらない。

「この植林イベント、もう取りやめになるかもしれない。長期的には移住者を増やす効果があると思って提案した事業なんだけど」

「えっ。そうなのですか」

「町議会議員の多くが疑問に思い始めている。そうならないように説得しなくちゃいけないが、面倒くさいな……」

そう言うと、一ツ木さんは小さなため息を漏《も》らした。こんな一ツ木さんは珍しい。

でも、確かに今日は楽しかったけれど、私にも町の振興に植林イベントがどう役に立つのかと聞かれたら自信を持って答えることはできない。

ホント、一ツ木さんは何を考えて、この企画を提案したのだろう。

車内にちょっとだけ暗い空気がただよったが、花見の会場が近づくにつれ、外の様子はどんどん華やかになってきた。

お弁当を持った家族連れが会場の方に向かっている。

助手席に座っていた私は、振り返って、後部座席の北室長に話しかけた。

「北さん。午後は雨かもしれないという予報が出たのに、ずいぶん人が集まっていますね。もう、いい場所はなくなっているんじゃないでしょうか」

「三崎紗菜さんが、代わりに場所取りをやってくれているそうです」

「あの町長秘書の？」

ハンドルを握っていた一ツ木さんが、特に驚いた様子もなく北室長に応《こた》えた。

ああ、一ツ木さん、やっと三崎さんのこと覚えてくれたんだ。

一年かかったけどね……。紗菜さんも大変だなあ……。

北室長は頷いた。

「去年、山の花見に誘ってくれたお礼だそうです」

土手の脇にある空き地で車から降りた私たちは、河川敷《かせんしき》に設けられた桜祭りの会場に入った。

南予町の桜祭りは、去年、人手不足のために商店街が主催から降りて、中断した。でも、青年会を中心に町の有志が集まって、今年は復活した。

昨日の土曜日は、お祖母《ばあ》ちゃんや松山から来た両親、それに遊びにきた従姉妹《いとこ》たちとお花見をした。二日目の今日は、役場の人たちで集まってお花見をすることになっている。

北室長が大きな手提《てさ》げ袋を手に歩いている。いつの間にか、後部座席に置いてあった袋だ。

「ひょっとして、それ、お弁当ですか。私、持ってきてなくてすみません」

「いえいえ。これは、食べ物じゃないですよ。お弁当も、三崎さんが用意してくれるそうです」

「それじゃ、それは？」

「秘密です」

北室長はにっこり笑った。

大きな桜の下で、三崎さんが私たちを手招きしているのが見えた。

「へえ、あんな良い場所、まだ残っていたんだ」

一ツ木さんは不思議そうな顔をしているけど、絶対に分かっていない。紗菜さん、一ツ木さんのために、早朝に場所取りをして、ずっと待っていたに決まっている。

ああいうの、本当の一所懸命《いっしょけんめい》っていうんだろう。

紗菜さん、本当に一ツ木さんのためにがんばっていたんだ……。

でも、変人で傲慢《ごうまん》で傍若無人《ぼうじゃくぶじん》で面倒くさがりの一ツ木さんに、気持ちが通じるかなあ……。

「お疲れ様です」

私は紗菜さんに、心を込めて頭を下げた。

「結衣ちゃんたちこそ、塾のイベント、お疲れ様でした」

一ツ木さんは挨拶《あいさつ》も言わずに、とっととシートに座ってしまった。

「ともかく、ずっと山で働いていたから、喉《のど》が渇《かわ》いた。何かない？」

紗菜さんは、クーラーボックスからみかんジュースを取り出して、一ツ木さんに渡した。

さすが、紗菜さん。一ツ木さんがお酒飲めないことも判ってらっしゃる。

私もお酒は弱いのでウーロン茶を貰い、ビールを手にした北室長、紗菜さんと乾杯した。

紗菜さんはビールに口を付けている。でも、紗菜さんは、お酒は強い方ではないし、それほど好きでもないのを私は知っている。紗菜さんは、一ツ木さんの前に出ると顔が赤くなるのを恥ずかしく思っているので、お酒でカモフラージュしているのだろう。

年上だけど、そのあたり、本当にかわいらしいなって思ってしまう。

北室長も、缶ビール一本開けただけで、もう真っ赤になっている。酔っ払った狸さんは、紗菜さんが作ってきた三段重ねのお重のお料理に箸《はし》を迷わせていたが、ついそうしちゃった気持ちは分かる。

卵焼き、巻き寿司、たこや鰈《かれい》の煮付け。鯛《たい》のかまぼこやじゃこ天は、八幡浜産かな。

桜餅に花見団子まで入っている。

たいしたものだわ。

作るの、大変だっただろうなあ。

重箱からふと顔を上げた私は、ものすごく派手な服を着ている男の人に気づいた。

お花見だから、みんなそれなりに晴れやかな服装だけど、桜に合わせてピンクのラメ入りスーツで来ている人は、そうそういないぞ。

あ……。やっぱり本倉町長だ。

本倉町長は、シートを広げて花見を楽しんでいる町の住民に挨拶をして回っている。

あの町長、的外れな振興策さえ立てなければ、いい人なんだろうけどな。

本倉町長が、こっちにやってきた。

ちょっと、ちょっと一ツ木さん。一ツ木さんの気持ちもすごく分かるけど、そんな珍獣を見るような目で、薄緑色の蝶《ちょう》ネクタイを結んだ本倉町長を見るのはやめてよ。

「北さん、こんにちは」手を挙げた本倉町長は、紗菜さんに気づいた。「あれ？　総務の君が推進室のみなさんと？」

紗菜さんが、びくりと肩を震わせた。

「休日に植林イベントをやった僕たちの慰労《いろう》をしてくれているのです」

北室長がにっこりと笑った。

「それはそれは。三崎君もご苦労様です」

本倉町長はあっさり納得したようだ。

本倉町長は、紗菜さんが手渡した缶ビールを開けると、北室長のコップに注《つ》いだ。

「恐縮です」

ぺこりと頭を下げた北室長に、本倉町長はずいと顔を近づけた。

「それより、『南予町雛祭り《ひなまつ》』の件、どうなっていますか」

「はい。ゆっくりとではありますが、進めております」

やれやれ……。

私は、心の中で、小さなため息をついた。

『南予町雛祭り』は、本倉町長が発案した観光振興策の一つだ。南予町では子供の数がどんどん減っている。それで、使わなくなった雛人形を町役場で一カ所に集めて展示すれば、観光資源になるんじゃないかというものだ。

でもねえ……。

南予町の近所だと、八幡浜市に『真穴の座敷雛《ざしきびな》』という市の無形民俗文化財に指定されているスーパー級の雛祭りがある。

これは、二間続きの座敷などに、風景をジオラマみたいに作って雛人形を並べるというものだ。戦時中の厳しい時代を含め、二百年近く続いている行事で、私も一度観たことがあるけど、それはすばらしい出来映えだった。そして、これを地元の住民がずっと作り続けているという事実にとても感動した。

その目と鼻の先で雛祭りイベントですか……。勝てる気が全くしません。

しかも町長が発案しているのは、徳島で既にやっている、何千という雛人形を並べるイベントに近いものだし……。しかも、しかも、ずっと小規模になりそうだし……。

まあ、やるとしたら来年だけど、準備は今から進めておかないといけない。

「住民からは、少しずつですが雛人形も集まっています」

北室長が、いつものようににこやかに答えた。

「それは、何よりです」

本倉町長は満足げに頷いたが、会場の入口に目をやると、「それじゃあ、よろしく」と慌てて立ち上がり、こそこそと入口と反対方向に姿を消した。

会場の入口の方から、大きな袋を手にしたがっちりした体格の若い男の人が歩いてくるのが見えた。

林《はやし》さんだ。

林宏也《ひろや》さんは、まだ三十前だけど、南予町の町議会議員をやっている。二年ちょっと前の町議会議員の選挙で、本倉町長と同じように町の振興を訴えた。主に若い人たちの支持を得て当選したのだけど、『こっち』は大当たりだったと町の人は言っている。もちろん、『あっち』は、本倉町長ね。

林さんは、当選してから真面目にこつこつと活動を続けている。真面目なだけに本倉町長の提案する振興策にはことごとく反対で、本倉町長は相当に煙たがっているらしい。

でも、私は結構好きだな、林さん。

小学生の時に、高校の生徒会長だった林さんを見たことがあるけど、ちょっと憧《あこが》れていたんだ。

それに、林さんは本倉町長の振興策には反対しているが、私たち推進室が提案したことには協力してくれている。さっきまで植林していた場所も、林さんが無償で貸してくださった。

「これは、林さん」

顔を真っ赤にした北室長が頭を下げた。

「北さん、こんにちは。……えっと、山崎《やまざき》さん見ませんでした？」

「山崎さんって、議員の山崎孝一《こういち》さん？」

林さんは頷いた。

山崎さんというのは、六十歳を少し超えた人で、昔からずっと町議会議員をやっている。林さんと違って守旧派で、本倉町長の地域振興策だけでなく、推進室がやっていることにも反対意見をぶつけてくる。それが原因で、林さんとは最近、ずいぶん関係が悪くなっていると聞いた。

「今日は見ていませんけど、何か町のことで問題でも？」

林さんは首を振った。

「いえ。ちょっと個人的な相談で……」

「山崎さんに個人的な相談ですか」

北室長が意外そうな顔をした。

山崎さんは、古くからの名家の当主だ。若い頃から、いろいろと町のために尽くしてくれたらしい。当時は穏《おだ》やかな性格だったらしいけど、奥様に先立たれた上に、都会で働きたいと南予町を出た息子の省吾《しょうご》さんを勘当《かんどう》してから、ずいぶん偏屈《へんくつ》な性格になったらしい。お酒を飲むと周りの人に絡《から》むようになっている。そして、つい最近、長年看病してきた母親のミツさんを亡くした。確か、明日、私のお祖母ちゃんも四十九日の法要に行くって聞いている。

ちょっと個人的な相談をする相手でも、時期でもないような気がするけどなあ……。

ちらりと、林さんの提げている袋に目が行った。

私の視線に気づいたのか、林さんは慌てたように手を振った。

「申し訳ありません。お食事をされている場にこんなものを持ってきてしまって」

赤ちゃん用の紙おむつだった。

はて？　林さんってお子さんはいなかったはずだけど。

私の怪訝《けげん》な顔に気がついたのか、林さんは、「これは、子どもが生まれた親戚に渡そうと思って。お食事の場に本当に不作法でした」と、頭を掻《か》いた。

北室長が手を振った。

「いえいえ。少子化が続いているご時世《じせい》では、赤ちゃんというのは宝です。特に、南予町のような田舎《いなか》では。お花見の席におむつとは、むしろめでたいことです」

「そう言っていただければ」

「子供と言えば、さっきまで私たち、林さんにお借りした山で子供たちが木の苗を植えるのを手伝っていたんですよ。本当にありがとうございました」

北室長がぺこりと頭を下げた。

「それは何よりです」林さんは、ちょっと眉《まゆ》を寄せた。「ただ、推進室の方にこんなことを言うのは何ですけど、議員の中には、子供たちに植林させることが町の振興になるのかと疑問に思っている人が出てきています。正直、私も、将来の人口増に繫がるのか、今ひとつピンとこなくて、反対派の山崎さんなどを説得しきれないのです」

一ツ木さんが話に割って入った。

「どんなに小さな可能性でも追求すべきだと思うんだけど」

「それだけでは議会の流れを変えることはできないのです」林さんは、会場の入口を見た。「あ……山崎さん、来たようです」

一ツ木さんが頭《かぶり》を振った。

「まずいな。山崎さん、もう酔っ払っている。個人的な相談なら今はやめた方がいいよ」

「そうですね。最近、相当に酒癖が悪くなっていますから。昨日もちょっと荒れていて、切り出せなかったのですが」

「昨日何があったの？」

「山崎さん、移住してきた人に農地を貸して農業研修を指導していたでしょう」

「ああ、あの件ですか……」

北室長がため息をついた。

「はい。町の移住促進策で、新規の移住者が三年間、南予町に住めば、奨励金《しょうれいきん》を出すことになっていますよね。山崎さんが親身に農業を教えていた人がちょうど三年たって、五十万を手にしたとたんに南予町から出ることになったんです。それで頭にきたようで。私事の相談をするのは後でと思ったのですが、今日も、あの様子では無理のようですね」

林さんはそう言ったが、山崎さんは、私たちのシートの方に歩いてきた。かなりお酒が入っているのか足下も覚束《おぼつか》ないようだ。

「おう。ヒロも来ていたのか」

「こんにちは」

林さんは、お辞儀《じぎ》をした。

私も、ぺこりと頭を下げた。

山崎さんは、断わりもなくどさりと私たちのシートに腰を下ろした。

「ちょうどいい。推進室のお前らに聞きたいのだがな、町の振興策、ありゃどうなってるんだ」山崎さんはちらりと私の顔を見た。「まあ、世話になった沢井のおばちゃんの孫に文句は言いたくないが」

「何か、お気に召さない点でも」

北室長が穏やかな声で尋《たず》ねた。

「ああ、気にいらないものだらけだ。特に移住促進策に関してはな。町に移住してきた者を甘やかしすぎてないか。家も農地も格安で貸してやる。漁師になりたい奴には研修後に漁業権もくれてやる。しかも、三年住めば百万も出している」

山崎さんは酒臭い息でまくしたてた。

「百万というのは、最大額です。条件として四人以上の家族で移住し……」

「そんなことじゃないんだよ」山崎さんは北室長を怒鳴《どな》りつけた。「よそ者ばかり優遇して、昔からこの町に住んでいる者はどうでもいいのか」

山崎さんの大声に、まわりの人たちが、何があったのかとこっちを見始めた。

「いえいえ。決してどうでもいいなどとは考えていません」

「お前、俺に逆らおうっていうのか」

ああ、だめだ。

山崎さんの目は完全に据《す》わっている。

「おい、都会者《とかいもん》」山崎さんは、今度は一ツ木さんを睨《にら》みつけた。「お前だよ、お前」

一ツ木さんは、ひるんだ様子もなく、山崎さんを見返した。

「都会者というのは、僕のことですか？　僕の名前は一ツ木幸士ですが」

「名前なんか、どうだっていいんだよ。お前、先代の町長や本倉町長に気に入られて、最近、いい気になっているようだな」

一ツ木さんは首を傾《かし》げた。

「前町長はともかく、本倉町長に気に入られているという気はしませんが」

「ともかく、お前らがやっている町おこしとやらは、俺は気に入らないんだ。まあ、『雛祭りイベント』とかは悪くないにしても、他は全然だめだ」

ええっ？

本倉町長の『雛祭りイベント』は気に入っているのですか⁉

これは、お酒が完全に脳にまで回っているよ……。

「他は、不満だと？」

「ああ。移住者を増やそうとしているようだが、よそ者が増えたっていいことは何もない。あいつら、地域の活動にはちっとも協力しない。神社や寺の寄付も断わる。ただ住んでいるだけで、南予町にとって何の役にも立たない。それによそ者が来れば、治安も悪くなる。俺が育てているイチゴがごっそりやられた」

「ちょっと待って下さい」

林さんが声を上げた。

「なんだ？」

じろりと見た山崎さんの目を、林さんが睨み返した。

「町役場や町長の方針に賛成か反対かはともかく、今の山崎さんの言い方は、どうかと思います。まるで新住民がイチゴを盗んだかのように聞こえます」

山崎さんは目を剝《む》いた。

「何を偉そうに！　省吾の親友だったから、子供の時から目をかけてやっていたのに！」

「まあまあ」北室長が慌てて間に入った。「一年に一度の花見を楽しんでおられる方々がびっくりされていますよ」

それでも山崎さんは林さんを睨み続けていたが、ふんと鼻を鳴らすと、「お前らの振興策については次の議会で問題にしてやる」と捨て台詞《ぜりふ》を吐いて、離れていった。

花見の会場を出ていく山崎さんの背を見つめながら、林さんはため息をついた。

「失敗しました。相談どころじゃなくなりました」

「何を相談するのかは知りませんが、日を置いた方がいいですな」

北室長も、ちょっと困ったようにため息をこぼした。

ため息の二重奏だ。

怒鳴り合いには慣れていないのか、紗菜さんは涙ぐんでいる。

その中で、一ツ木さんは全く動じてないのか「へえ。山崎さん、本倉町長の『雛祭りイベント』には賛成なんだ」と、面白そうに笑っていた。

林さんは、もう一度嘆息《たんそく》したが、あたりをぐるりと見渡すと、「お騒がせしました」と頭を下げ、お花見の会場から出ていった。

その背を見送りながら、北室長が、首を捻《ひね》った。

「山崎さんが、『雛祭りイベント』を気に入っておられるのは、ちょっとびっくりしました。山崎さんの雛人形、盗まれたと聞いていたのに」

「盗まれた？」

一ツ木さんの目が、一瞬光った。

「はい。本倉町長の『雛祭りイベント』の件で、山崎さんにお願いしたのです。山崎家に代々伝わる雛人形を貸していただけないかと。江戸時代後期の作で、十一段もあるものでした。二年ほど前に、まだお元気だったお母上が虫干ししている時に拝見したのですが、それはそれは立派なものでしたよ。お母上は、一つ一つ桐の箱に入っていた雛人形を丁寧《ていねい》に丁寧に扱っておられました」

「今市販されているものだと、一番大きくても七段くらいですよね。それが盗まれたと……」

「いえ。全部ではなく、男雛《おびな》と女雛《めびな》……お内裏《だいり》様とお雛様、それに最上段に飾る屛風《びょうぶ》やぼんぼりだけが盗まれたそうです。全部盗むのは大変だから、男雛と女雛だけ持っていったのだろうと言っておられました」

「それは、いつのことですか」

「雛人形をしまっていたのは、お母上が寝たきりになられていた座敷の押し入れだそうですから、盗まれるとすれば、お母上が亡くなってからではないかと」

それを聞くと、一ツ木さんは、「とても奇妙だな」と呟《つぶや》いた。

北室長はにっこりと笑った。

「そんなことより、気分直しに一指し、しませんか」

私は、北室長が手提げ袋から取り出した物を見てびっくりした。

北室長、こんな所まで将棋盤を持ってきたんだ。

「いいですねえ。桜の舞う中で……ですか」

一ツ木さんも身を乗り出した。

「三崎さんの作ったお重をいただきつつ……です。本当に贅沢《ぜいたく》ですが、ちょっとお行儀《ぎょうぎ》は悪いですかね」

北室長は、ちらりと紗菜さんの顔を見た。

紗菜さんは首を振った。

「いえ。そう言っていただければ、お料理を作ったかいがあります」

北室長はそれを聞くと、本当に嬉しそうに、駒を並べ始めた。

今回ばかりは、一ツ木さんも本を読みながらでなく、北室長と額《ひたい》を寄せ合って、駒を指している。

その二人を紗菜さんは目を細めて見つめていた。

うーん。確かに絵になる光景だけど……でも、いいのかなあ。

確か、山崎さんは町議会議員の過半に影響力を持っている。その山崎さんが推進室に反感を抱いている。残りの若手少数派から支持されている林さんも、推進室の施策に疑問を持ち始めているようだ。

町議会のほとんどを敵に回すって……それって、推進室が詰んじゃったってことなんじゃないですか？

かなり不安になった私は、缶ビールを開けて、一息に飲み干した。

すっかり日が落ちてから家に戻った私は、お風呂をすませると、自分の部屋の窓を開けた。

お花見の会場に目をこらしたけれど、松山なんかと違って、照明を点《つ》けて夜桜を楽しむという趣向はないのか、もうすっかり暗くなっている。

誰も見ていなくても、桜は咲いているんだろうな。北室長が植林イベントで言っていたように……。そう思うと、少し不思議な気がした。

山崎さんとのいざこざはあったが、お花見自体は楽しかった。雨の予報に反して天気はなんとか保《も》ったし、紗菜さんの作ってくれた料理は、本当においしかった。

それでも、やっぱり不安な気持ちが残っている。

本当に大丈夫なのかな、推進室……。

窓を閉めようとして、ふと、視線を上げた私は、いつもと違う感じがした。

なんだろ……

あっ、家の灯りが、一つ、二つ、三つ……八つ灯《とも》っている。

ソメイヨシノの古木のある東の山と違って、北の山には八軒の民家がある。しかし、いつもは灯りは七つしか灯っていない。一軒は、空き家になっているからだ。一年ほど前までは高齢の男性が住んでいたが、宇和島の息子さんの家に移っていった。それからはずっと空き家だ。聞いたところによると、そのお爺《じい》さんは移住後すぐに亡くなったらしい。それなのに、今晩は、ちゃんと八つ灯りが見える。空き家のはずの家の灯《ひ》はとても弱々しいが、確かに灯っている。

……どういうことかな……。

空き家に新しい住人が入ったって話は聞かない。

最近、ニュースで見た事件を思い出した。

確か、空き家に犯罪者が逃げ込んで住みつき、そこを拠点にして、窃盗《せっとう》を繰り返していたとか。

その事件は、南予町のような田舎ではなく、首都圏で起きたものだったけど、空き家の問題は、都会でも取り沙汰《とざた》されているらしい。

ひょっとしたら、前に一ツ木さんが言っていたみたいに、首都圏ですら人口減少の影響が現われているのかもしれない。

いや、そんなことはともかく、今は北の山の空き家のことを考えないと。

一瞬、警察に知らせようかとも思った。

でも、何か犯罪が行なわれているという証拠はない。元の持ち主の家族や親戚がお花見に合わせて、ちょっと戻ってきて使っているのかもしれない。

空き家の隣は、たしか議員をしている林さん家《ち》だ。電話をかけて聞いてみようかな。

いや、それは駄目。

林さんは最近は推進室の活動に疑問を持ち始めているようだ。もし空騒《からさわ》ぎということにでもなったら、ますます推進室のイメージが悪くなってしまう。

しばらく考えた私は、携帯を手に取った。

『夜に何？』

うわっ。

携帯の向こうの一ツ木さんの声は、思いっきり不機嫌《ふきげん》そうだ。ひょっとしたら寝ていたのかもしれない。

「すみません。ちょっと気になることがあって」

私は、空き家に灯りが灯っていることを伝えた。

『それは、面白いな。ちょっと一緒に行ってみよう』

一ツ木さんの声が急に明るくなった。

ああ、やっぱり。一ツ木さん、こういうことには食いつくんだ。

まあ、それを見越して、北室長じゃなく、一ツ木さんに相談したんだけどね。

「判りました。それじゃ私はスクーターで出ます。どこで落ち合います？」

携帯の向こうから、呆《あき》れたような声が聞こえた。

『何言ってるの。沢井さん、お花見でビール飲んでいたでしょ』

あっ、すっかり忘れていた。

「一缶、空けちゃっていましたね……」

『全く。南予町の職員が酒気帯び運転なんかしたら、一発懲戒免職《ちょうかいめんしょく》だよ』

そう。ちょっと前までは、事故を起こしていないかぎり、町職員の酒気帯び運転は諭旨《ゆし》免職だったのだけど、前町長が、事故を起こしたか否《いな》かにかかわらず、どんな理由があろうと、酒気帯び運転をした者は懲戒免職にすると決めたのだった。

「すみません……」

自分のうかつさに顔から火が出そうになった。

『僕は酒を飲んでない。車を出すから、家で待っていて。十分で迎えにいく』

……一ツ木さんの車……あのいつ崩壊するか判らない車に乗せられるんだ……。

一ツ木さんの車、錆《さび》だらけで、助手席の床は抜けていると聞いた。

思いっきり嫌だけど、こちらから相談した手前、いまさら止めますなんて言えない。

どうしよう。

いっそ、自分は走っていこうかなんて悩んでいるうちに、家の前に車が停《と》まった。

玄関から出た私は、肩を落とした。

……やっぱり、一ツ木さんの車だ……。

背中に冷たいものが走ったのは、春の寒さのせいだけじゃない。

「乗って」

運転席の一ツ木さんにせかされて、嫌々、助手席に腰を下ろした。

足下を見た。

「地面が見えますね……」

「そう。こういうのって、新鮮な感覚だろ?」

一ツ木さんは上機嫌な口調で言った。

「助手席の床が抜けていて、大丈夫なんですか」

「大丈夫。運転席の床も抜けているから」

いやいや、それがなぜ『大丈夫』に繫がるのか、私、全然、判りません。

私の不安な気持ちはそのままに、車は走り始めた。

でも、夜で良かった。さっきは玄関の灯りで地面が見えたけど、今は、足下をすごいスピードで流れているはずの路面を間近に見ることはない。

「行くのは、上から二軒目の家だよね」

「はい。多分、大事《おおごと》になるようなことはないと思うのですが」

「そんなことは行ってみないと判らないよ」

一ツ木さんの車は、山道に入っていった。

ずっと松山の市街地に住んでいた私にとって、田舎の夜の山道って、とても怖い。街灯なんてない。だから、夜中に歩く場合には懐中電灯が絶対必要だ。一ツ木さんの車はもちろんヘッドライトを点けているけど、夜の闇の中ではとても心細い。

突然、闇の中に明るい灯りが見えた。

「一軒目」

一ツ木さんが呟いた。

灯りは、座敷から漏れたもののようだ。

その光を見た私はほっとした。この辺りに住んでいる人には思いっきり失礼なことだとは充分判っているが、深い木々の中、ヘッドライトの光だけで不安だったんだ。でも、人が生活している家を見ると、今まで入っていた肩の力が抜ける。

「二軒目。三軒目」

また、灯り……。

三軒目の玄関に、小さな三輪車が置かれている。

そうだ。

北室長に命じられて、地図に一人一人の住民の情報を書き入れるという作業をしていたから判るけど、ここには保育園に通う男の子がいたんだった。

地図を作っている時には何も考えなかったが、こんなところで小さな子供を育てるというのは、どういうことなのかな。近所に同じくらいの世代の子供はいなかったはずだ。この子供は、保育園が終わってからはどんなふうに過ごしているのだろう。そして、お母さんは……。

「四軒目」

ここには、お年寄りが一人で住んでいる。

名前は覚えていないけど、かなりの高齢だったと思う。ちらりと見ただけだけれど、車はない。すると、買い物なんか、徒歩で行っているのだろうか。それとも、テッちゃんの移動販売車で日用品を買っているんだろうか。それでも、病院に行く時なんか、大変だろうな。あ……五軒目。よかった、四軒目の家からそんなに離れていない。何かあっても、この家の人に頼れるかもしれない。

「六軒目」

テレビの音が聞こえてきた。

おもいっきり明るい笑い声も……。

なにか、ほっとするなあ。

ホント言うと、今までは山を見ても、「ああ、灯りが灯っているな」くらいにしか思わなかった。それがこうして山を登ってみると、それぞれに暮らしがあるんだなって、しみじみ思ってしまった。

六軒目を横目に走りすぎると、一ツ木さんが大きくハンドルを切った。それから、しばらく人家が途切れた。木々の間から南予町の中心部がちらりと見えたけど、その灯りはとても遠く、頼りなく見えた。

私が松山を離れ、南予町に来た時、松山はすごく遠い感じがした。同じように、ひょっとしたらこの辺りに住む人からは、南予町中心部って、すごく遠く感じるものなのかも……。そして、このあたりで、一軒が空き家になるということは、残された人の心にとても大きな影響を及ぼすんじゃないかな。

でも、いまさらそんな事に気づくなんて、私は、町役場の職員としては失格かもしれない。

「そろそろ、問題の七軒目だ」

一ツ木さんが小さく言った。

その言葉に、はっと我に返った。

そうだった。私たち、空き家の調査に来たんだった。

「エンジン音は絞って登ってきたつもりだが、誰が空き家にいるにしろ、これ以上近づくと聞こえてしまう。ここで車を降りていこう」

そう言うと、一ツ木さんは車を停めて、ドアを開けた。

「車を降りて大丈夫ですか。空き家の中に不審者でもいたら……」

「大丈夫。僕は高校時代、陸上部だったんだ。逃げ足には自信がある」

逃げ足って……。

「私は?」

「沢井さんは陸上部だった?」

「いえ。美術部ですが」

「そうか。それなら、死ぬ気で走らないといけないね」

ひょっとして、一ツ木さん、私を置いていく気まんまんですか!?

一ツ木さんは車を降りると、懐中電灯を手に、山道を登っていく。

私は慌てて一ツ木さんの後を追った。

しばらく、私たちは無言で山道を登っていった。

「ほら」

一ツ木さんが顎《あご》で示した先に、一軒の家が見えてきた。家の灯りは点いていない。

「本当に、灯りは点いていたんです」

「僕は、沢井さんが嘘《うそ》をついたとか見間違いをしたとか、言ってないよ。僕自身、車を出す前に見たけど、確かに灯りは見えた」

一ツ木さんは、すたすたと空き家の方に歩いていく。

私は、おっかなびっくり一ツ木さんの後をついていった。

一ツ木さんが、玄関の前に立った。追いついた私は、一ツ木さんの横顔を見た。

一ツ木さんは目を細めて、神経を集中しているようだ。どうやら、中の様子を窺《うかが》っているらしい。私も全身の神経を研《と》ぎ澄《す》ましたけれど、家の中に誰かがいる気配は感じられなかった。

「誰もいないのかな」

小さな声でそう言うと、一ツ木さんは、玄関の戸を開こうとした。

「どうですか」

「鍵は閉まっている」

私たちは、縁側に向かった。雨戸は開いていたので、一ツ木さんは、忍び足で縁側に上がって古い木製の引き戸に手をかけた。しかし、動かない。一ツ木さんは、縁側から降りると裏の方に回ったが、私は怖かったので玄関に戻って待っていた。
二、三分ほどで一ツ木さんは帰ってきた。
「どこも開かないし、中で何か動くような音もない」

「ひょっとして、私、月の光が窓に反射するのを、見間違えたとか」

一ツ木さんは馬鹿にしたように鼻を鳴らした。

「今は新月だよ」

「新月……」

私は慌てて空を見た。

「あのねえ。月はもう、とっくに沈んでいるよ。それに天気予報では雨だ。まだ降ってはいないが、空は全部、雲に覆《おお》われているよ」

小さな声だけど、本当に呆れている口調なのはしっかり判った。

「そんな言い方しなくても……」

突然、背後から「何をしているのですか」という声がした。

私はびっくりして後ろを振り返った。

誰かが暗闇の中に立っていた。

一ツ木さんが、懐中電灯でその人を照らした。

寝間着姿のその人は、町議会議員の林さんだった。

「林さん……」

ああ、心臓が止まるかと思った。

「夜分遅くにどうしたのですか。何か物音が聞こえたから来たのですが」

「ええっと……すみません。実は、この家に灯りが灯っているのが私の家から見えたのです。空き家なのに変だな、不審者が入りこんでいたら大変だなと思って、それで一ツ木と調べにきたのです」

林さんは首を捻った。

「そんな気配はなかったですよ」

「この家は？」

また一ツ木さんが、不躾《ぶしつけ》に懐中電灯の光を林さんの顔に向けた。

「ちょっと、眩《まぶ》しいですよ」林さんは、目の前に手をやって光を遮《さえぎ》った。「……この家は、うちの遠縁のもので、空き家になってからは私が管理しているのですが」

「変なことはなかった？」

「ないですよ。何か見間違いをしたんじゃないですか」

「そうかもしれないね。ともかく、僕たちは帰ることにするよ」

一ツ木さんは、そう言うと麓《ふもと》の方に歩き始めた。

私は「お騒がせしました」と、林さんに頭を下げると、踵《きびす》を返した。

「お疲れ様」

その声に振り返ると、林さんが自分の家の方に帰っていく後ろ姿が見えた。

その背にもう一度頭を下げ、一ツ木さんの後を追った。

「ちょっと、置いていかないで下さい」

「何を慌てているの?」

「だって、懐中電灯を持っているのは一ツ木さんだけですよ。離れたら足下が見えないじゃないですか」

「ああ、なるほど」

この人、全く他人のことを思いやる気がない。

「それにしても、どういうことなんでしょうね。やっぱり、私たち見間違えたのでしょうか」

一ツ木さんは、私の問いに答えず、すたすたと山道を下りていく。

何か考え事をしているようだ。

こんな時に話しかけても、まともな応《こた》えがないことは判っているので、私も黙って歩くことにした。

車まで戻った一ツ木さんは、ドアを開けながら、「帰り道、この集落の方を見ていてくれ」と言った。

私もそうするつもりだった。

だって、また空き家に灯りが灯るかもしれないから。

私は、床に開いた穴に足を突っ込まないように用心しながら、助手席に座った。

一ッ木さんは、相変わらず黙ったまま車を発進させた。

うーん。一ッ木さんが何を考えているのかは知らないけど、今は運転に集中して欲しいな。この車、まともにブレーキが利くのかどうかも怪しいんだからね。

一方、私は、ウインドウから身を乗り出すようにして、集落を見つめていた。

来る時にもそうだったけど、木が多いせいで、ほとんど家々は見えない。

ちらっと、一番上にある林さんの家の灯りが見えただけだ。

麓まで下りて、一ッ木さんは車を停めた。

「どうだった?」

「空き家に灯りは点きませんでした」

「いや、僕が聞きたいのは、誰の家の灯りが見えたかだ」

「林さんの家が二度」

一ッ木さんの目が、すっと細くなった。

「そうだろうね」一ッ木さんは、再び車を発進させた。「家まで送るよ。それから……今晩のことは、北さんには内緒にしておいてくれ」

「えっ? どうしてですか。まあ、明日は北さん、県庁に出張ですから報告できませんけど」

「出張か。それは、好都合だな」

一ツ木さんが薄く笑った。

「どういうことですか」

「いつか説明するよ」一ツ木さんは、また、目を細めた。「ただ、これだけは言っておく。北さんは、町の振興を考えている僕とは……いや、僕だけでなく、沢井さんとも全く別のことを考えている」

「別のこと?」

「先代の町長は、僕たちがいる部署を作った時、ただ、『推進室』とだけ名付けた。普通なら『町おこし推進室』とか、『産業推進室』とか付けない?」

「それは、そうですね」

「なのに、なぜ、ただの『推進室』なのか。沢井さんも今のうちに考えておいた方がいい」

そう言うと、また一ツ木さんは黙り込んでしまった。

車のフロントガラスに、ぽつりと雨粒が落ちてきた。

翌日、町役場に出るなり、一ツ木さんの運転する役場の車で、子供たちが植林した山に連れていかれた。

「いいかげんに、こんな所に連れてきた理由を言って下さい」

私は、一ツ木さんに文句を言った。

「だから、面倒くさいから説明は一度ですませたいって言っているだろ」一ツ木さんは顎で麓の方を示した。「ほら、お客さんが来た」

お客さんって……町議会議員の林宏也さんと山崎孝一さん?

二人は、難しい顔をして登ってくる。

ああ、あの二人を相手に一ツ木さん、何するつもりだろう。推進室の方針に元々反感を持っていた議会主流派のドンと、最近、疑問を持ち始めた若手議員の中心人物だよ。しかも昨日は、お花見の会場で怒らせたり、空き家の件でお騒がせしちゃったりしたし。ちょっとでも対応を間違えたら、推進室は即、お取りつぶしだろうなあ。

「こんな所に呼びつけて、一体何の用だ。俺は忙しいんだ。昼から母親の四十九日の法要があるからな」

ああ……山崎さん、のっけから機嫌が悪そうだ。

「南予町の移住促進策について説明しようと思って」

一ツ木さんは、山崎さんが顔をしかめていることなんか、全く気にしない様子で話し始めた。

「そんなことは町議会で説明すればいいのじゃないですか」

林さんも首を捻っている。

「いえ。どうしてもお二人だけに話したかったのです」

「それでも、こんなたてこんでいる時じゃなくて、明日でもいいだろ」

一ツ木さんは、山崎さんの言葉に首を振った。

「お母上の法要の前じゃないとだめなんです」

「何を言っているのか判らん」

一ツ木さんは、ぐるりと周囲を見渡した。

「どうです。子供たち、なかなかうまく木を植えたでしょう。一本一本に所有者の名札も付けているんです」

「……だから、それが何の役に立つというんだ。まあ、苗代ぐらいはたいしたことないが、移住して三年すれば五十万やら百万やらくれてやるっていうのはやりすぎだろ。金だけ貰って逃げ出す奴が続出している」

一ツ木さんはため息をついた。

「僕は五年でと提案したのですが、北さんが強硬に三年と主張したんですよ。それで三年です」

「三年と五年にどう違いがあるんだ」

「大きな違いです。移住した人は、田舎でがんばっていこうと、しばらくは無我夢中で勉強したり周囲に溶け込もうとしたりしますが、三年目くらいにふと考えることが多いのです。このままやっていけるのだろうかと。僕はその時期を乗り越えさせようと、五年目を区切りにしたかったのですけどね」

「三年だろうが、五年だろうが、投げ出す奴は根性なしだ。しかも、あいつら、地域に貢献しようとすらしない。そんな出来損ないどもを移住させてどうするんだ」

山崎さんが吐き捨てた。

「全く、ずっと田舎にいると、そこまで鈍感《どんかん》になるんだ」

「何だと⁉」

一ツ木さんの無礼な言葉に、山崎さんの顔が赤黒く染まった。

「あのね。移住してきた人は、たとえ、いくら貯金があろうと、南予町には何も持っていない人なんです」

「一ツ木さんが言っている意味がよく判りませんが」

林さんも眉を寄せている。

一ツ木さんは頭を振った。

「南予町に移住してきた人のことを考えたことがありますか。農業や漁業に夢を持って来る人が多い。でも、農業を始めようとした人は、農地を借りるしかない。農地の売買は大変ですからね。それに漁業を始めようと来た人に漁業権はない」

「それがどうかしたのか」

「つまり、ずっと南予町で暮らしている人と、新しく移住してきた人は、昔の地主・小作人、網元・網子の関係と変わらないと言っているのです」

「そんなの当たり前じゃないのか。初めて農業や漁業をやるド素人《しろうと》に農地や漁業権を渡せっていうのか」

「それだけじゃない。山崎さんは代々、神社や寺に莫大《ばくだい》な寄付・寄進をしている。それは頭の下がることではあるけど、逆に、神社や寺に対して、山崎さんは『自分たちの神社・寺』という感覚も持てたはずです。自分たちのものなら清掃作業や、行事への協力なんかも抵抗がないでしょう。でも、移住者は違う。今まで縁もゆかりもなかった神社や寺に奉仕とか言われても負担に思うだけです」

「ボケェ。そうやって、俺たちは町や地域を守ってきたんだ」

一ツ木さんは、やれやれと言うようにまた頭を振った。

「田舎の人はそうやって自立してきたなんて言う人もいますけどね。でも、個人の自立という面では、どうかな。だから、南予町に生まれたといっても、まだ何も持っていない若い人は出ていく。山崎さんの息子さんの省吾さんもね」

山崎さんは一ツ木さんの胸倉《むなぐら》を摑《つか》んだ。

「省吾の話はするな！」

一ツ木さんは鼻で笑った。

「でも、その息子さんに、山崎さんは雛人形を送ったんでしょ？」

山崎さんの顔に狼狽《ろうばい》したような表情が浮かんだ。

「……あれは盗まれたんだ」

「盗まれた？　そんなわけないじゃないですか」

「どうしてそんなことが言える？」

「昨日のことを思い出して下さい。お花見の席上で、あなたは、余所者《よそもの》が来たせいで治安が悪くなったと言った。イチゴを盗まれたと。もちろん育てたイチゴが盗まれるのは頭にくることでしょうが、普通なら先祖代々伝わってきた雛人形の方が、衝撃は大きいはずです。話すのならこっちの方でしょう？　でもあの時、山崎さんの頭の中に雛人形のことは浮かばなかった。それはそうです。雛人形を盗んだ人なんていないのは、山崎さんが一番良く知っていることですから。それに、寝たきりのお母上がいる座敷の押し入れから、男雛、女雛と、最上段の飾りだけを選んで盗むなんて、大変ですね。人形も調度も別々の箱にしまわれていたから。十一段飾りだと、箱は百個を超えるんじゃないですか」

「……盗まれたのは、婆《ばあ》さんが死んだ後かもしれないじゃないか」

「いいえ。お母上が死んだ後では、雛人形を送ったのは山崎さんだって、息子さんにばれてしまいます」一ツ木さんは肩越しに林さんを見た。「雛人形が省吾さんに届けられたのは、山崎さんのお母上がご存命中のことですよね？」

「えっ……なぜ僕にそんなことを聞くんですか」

林さんはひどく驚いたように一歩下がった。

「昨日の晩の空き家の件があるからです」

私は、「どういうことだ？」と聞く山崎さんに、昨晩のことを話した。

一ツ木さんは、人差し指を立てた。

「おじゃました空き家、林さんの親戚の家で、林さんが管理しているんだよね」

「そうですが」

「古い民家の管理って、大変だ。普段は雨戸を閉めておかないといけないが、時には雨戸も窓も開けて、風を通す必要がある。そうしないと、湿気であっという間に傷《いた》んでしまう。でも、あの晩、天気予報では雨と出ていたのに、雨戸は開けっ放しだった」

「閉めるのをちょっと忘れていて」

「そう?」一ツ木さんは笑った。「さらに変なこともある。僕たちは不審者が入り込んでいるかもとあなたに言った。普通、自分ちの隣でそんな物騒な話があったら、少しくらい警戒したり調べようとしたりする。それなのに林さんは、僕たちが帰ろうとすると、さっさと自分の家に戻っていった。それはそうだよね、林さん、さっきまでその家にいたのが誰か知っているんだから」

あっ、そうだ。

私たちはひっそりと空き家を調べていたのに、林さんは間もなく現われた。もし、空き家に不審者が入ったなんてことが起こったら、とっくに気づいて警察に通報したはず。

帰りに一ツ木さんは、集落を見ろと言っていた。それは、山道を登る車のヘッドライトが誰の家から見えるか、確認したかったんだ。

見知らぬ車のヘッドライトが近づくのに気づいた林さんは、急いで空き家を訪ね、「誰かが来るから、自分の家に来い」と、空き家にいた人に忠告したんだ……。

「でも、誰が空き家に?」

私は一ツ木さんに質問した。

「沢井さんは、とことん鈍《にぶ》いね。林さんは、ずっと山崎さんと私的な相談をしようとしていただろ。私的な繋がりって、林さんの親友……山崎さんの息子の省吾さんのことだろうさ」

「じゃあ、ひょっとして空き家にいた人って……」

「お祖母様の四十九日の法要に参列したいと来ていた省吾さん一家だよ」

「一家?」

「どうやら、省吾さんはご結婚して娘さんも生まれたようだ。林さんが花見の会場に来た時、紙おむつを持っていただろ。あれは、勘当状態の親父さんと鉢合わせするのを避けるために町に下りられない省吾さんに代わって林さんが買ったものだろうさ」

「そうだったんですか?」

私はびっくりした。

「そうだよ。娘さんが生まれたことは、林さんはもちろん、山崎さんも知っているはずだ」

　えっ？

「山崎さんもご存じだったんですか」

　一ツ木さんはまたやれやれと頭を振った。

「省吾さんは、お祖母様や林さんにだけ連絡していたつもりなのだろうけど、多分、お祖母様はその内容をそっくり山崎さんに伝えている。新居の住所も、孫娘が生まれたことも、それから、小さなアパートかマンション暮らしなことも。だから、山崎さんは十一段の雛人形でなく、狭い場所でも飾れるように最上段の男雛、女雛だけ送ったんだ。もちろん、お祖母様の名義でね」

　一ツ木さんの胸倉をねじ上げていた山崎さんの手から力が抜けた。

「そうだ……。それにしても、あいつはなぜヒロのところに？」

　林さんは一瞬、躊躇《ちゆうちよ》したようだったが、話し始めた。

「実は……。省吾君、お祖母さんの四十九日の法要に出たいと言っているんです。あと、南予町に帰ってきたがっていて。こっちで子供を育てたいって……。でも、勝手に出ていって勘当された手前、山崎さんが自分たちを迎えてくれるかどうかと……」

　一ツ木さんは、クスクスと笑った。

「それ、全然、ＯＫですよ」

山崎さんは、「そんなこと、なぜお前が判るんだ」と、一ツ木さんをじろりと睨んだ。

「だって、山崎さん、本倉町長の『雛祭りイベント』には大賛成なんでしょ。『雛祭りイベント』があると林さんから省吾さんに伝われば、省吾さんは雛人形を返しにくるかもしれない。というか、『帰ってこい』っていう、山崎さんなりの不器用なメッセージだ」

「そうなんですか」

林さんの言葉に山崎さんは真っ赤になった。

「それは、こいつの勝手な想像だ」

一ツ木さんは、また笑った。

「僕の勝手な推測かどうかなんて、どうでもいいですけどね。もう、いいかげん僕の胸倉を摑むのやめてくれませんか。とっくに力は抜けているとはいっても、あまり気分のいいものじゃないです」

「あ……。す、すまん」

山崎さんは、慌てて手を離した。

一ツ木さんは摑まれていた胸をぱたぱたと手で払った。

「山崎さん、あなたは都会で何も持たない省吾さんに、雛人形を持たせてやりたいと思った。それと同じように、南予町に来た人にも何か持たせてあげてはどうでしょう。そして、出ていく人にも、せめて引っ越し代くらい持たせてあげたらどうでしょう」

「それじゃあ、植林イベントって……」

林さんは、呟くような声で、一ツ木さんに聞いた。

「そう。どんなに小さな物でもいいから、南予町に何かを持っていてくれる人がいればいいと思って……」

一ツ木さんは、そう答えると、私たちを残して、一人、山を下り始めた。

# 第七話　夜、歩く者

お昼休みを終えた私は、真っ直《ます》ぐ町役場の二階にある町長室に向かった。

本倉町長は職員との交流を深めるために、時々、面接をしている。今日は、私の番。あんまり気乗りしないけどね。

ああ、どんなこと本倉町長から言われるんだろうなあ。

私は、一つため息をつくと、町長室のドアをノックした。

派手な若草色のスーツを着た本倉町長が、自らドアを開けてくれた。

あれ？　なんだか、本倉町長の目、ちょっと赤い。

「やあやあ。沢井さん、お疲れ様です」

本倉町長は満面の笑みを浮かべ、私にソファを勧《すす》めた。

一昨日《おととい》、六ヶ月連続で、住民の数が前年同月よりも増えていることが判った。

それが、本倉町長の上機嫌《じょうきげん》の理由だ。

「いやあ、町役場の皆さんのおかげで、南予町は人口減少を食い止めることができました。沢井さんも、本当にお疲れ様」

「いえ。私は特に」

「ご謙遜《けんそん》を。これも私と町役場職員が一心同体となって努力した結果です。これで、南予町の将来は明るいですね」

うーん。そうなのかなあ。

確かに最近、南予町の住民数は増えている。それで、町役場全体の雰囲気《ふんいき》は明るくなった。でも、私は、手放しで喜ぶ本倉町長や役場の空気に違和感を抱いている。しかし、そんなことを本倉町長には言えず、「これからもがんばります」と言葉を濁《にご》した。

「一緒にがんばりましょう」本倉町長は身を乗り出した。「今日はお祝いです。私は職員一人一人に、大入り袋を渡すことにしました。こういう場合、少ない額ながら現金を入れるようですが、それはもちろん、公職選挙法とかに違反しますよね。ですから、現金は入っていません」

本倉町長は、大入り袋を私に渡した。

「ありがとうございます」

「ささ。開けてみて」

私は、大入り袋を開けてみた。

中には、メモ用紙のような物があり、そこに鉛筆で描かれた五円玉の絵があった。

「これは？」

「その五円玉の絵は、『これからも、ずっと私と職員の皆さんとのご縁が続きますように』と縁起をかついで入れたものです。私自身が、職員一人一人の顔を思い浮かべながら夜も寝ないで描いたんですよ」

私は、改めてメモを見た。

確かに、そうとう精密に描かれている。一枚描くのにどれだけの時間がかかったのだろう。

「あ……ありがとうございます。で、これを全職員に？」

「そう。昨日から沢井さんを含め、面接をした十人ほどに渡しました。まだまだ面接する人は残っていますから、なかなか大変ですね」

そう言うと、本倉町長はちょっと隈《くま》のできた目を瞬《しばたた》かせた。

本倉町長、夜なべしてこの五円玉を何枚も描いたんだ。目も赤くなるわけだ……。

うーん……。本倉町長は善人なんだろうけど、町長としての努力は、そういうことじゃなくて、もっと別の方向に向けた方がいいんじゃないのかなあ。

その時、はっと思い出した。

確か、午前中に、推進室の北室長と一ツ木さんが面接を受けているはずだ。北室長はちゃんと大人の対応をしただろうけど、変人で狭量《きょうりょう》で傍若無人《ぼうじゃくぶじん》で面倒くさがりの一ツ木さんは、この五円玉の絵を渡された時にどんな表情を浮かべたのだろう。本倉町長に、何か、とんでもなく失礼な言動をしたんじゃないかな……。

「これ、一ツ木さんにも……」

私は恐る恐る顔を上げたが、本倉町長は、さらに嬉《うれ》しそうな表情になった。

「そうそう。一ツ木君にも、すごく喜ばれた。一ツ木君、真剣な表情で五円玉の絵と私を交互に見つめてね、『一生大切にします』と言ってくれた。そこまで感謝されると、私も少し照れくさいね」

皮肉を言っているのかと一瞬疑ったけれど、本倉町長の表情に、そういったものは全く感じられないし、本倉町長は、そういうことを言う人でもない。

「喜んでいましたか……」

「うん。すごくね」本倉町長は、スーツの内ポケットから手帳を出した。「それじゃ、本題の面接に入りますか。沢井さんは役場に入って三年目ですよね。何か仕事に不満とか、問題点を感じているところとかないですか」

「いえ。特にありません」

私は、首を振った。

もちろん、不満も問題も全然ないと言ったら嘘《うそ》になる。しかし、失礼なことかもしれないが、本倉町長に相談して事態が好転するとは思っていない。

「そう？　他の職員からも特に問題は上がってこなかったが」

おやまあ……。みんな、気持ちは私と同じなんだ。特に、最初に五円玉の絵なんか渡されたら、完全に力が抜けちゃうよね。

「問題点は、ありません」

私は繰り返した。

「それなら結構。これからも、がんばって下さい。推進室の北さんには、またお願いごとをしましたが、よろしくね」

そう言うと、本倉町長は、手を伸ばしてきた。

どうやら、握手のつもりらしい。

私は、軽く本倉町長の手を握《にぎ》ったが、がっしりと両手で握りかえされてしまった。

本倉町長……人柄だけはいいんだけどなあ。

私は、頭を下げると町長室を出た。

推進室に戻る途中の廊下で、他の職員たちとすれ違った。みんなの顔には笑みが浮かんでいる。六ヶ月連続で住民数が増えたことが職員たちの気持ちに影響しているようだ。明るい雰囲気になったのはいい。でも、やっぱり、私には違和感がある。

推進室のある階に戻ってきた。

廊下に置いてあるウォータークーラーで一ツ木さんが水を飲んでいるのが見えた。

あれ？

一ツ木さんの背に町長秘書の三崎紗菜さんが、そっと近づいていく。私はとっさに柱の陰に隠れた。一ツ木さんも紗菜さんも私には気づいていないようだ。

紗菜さんは、一ツ木さんに密かに心を寄せている。町一番……というか、この県でも五本の指に入るだろう美人の紗菜さんが、なぜ一ツ木さんを好きになったのかは不思議だけど、それにしてもこの一年、二人の仲は全然、進展していない。紗菜さんが、こういうことには度はずれて内気だからだ。

その紗菜さんが、こっそりと一ツ木さんに近づいている？

何か、普通の雰囲気じゃないぞ。

一ツ木さんのすぐ後ろまで来た紗菜さんは、両手を上げると、一ツ木さんの肩を摑《つか》もうとした。

ええっ⁉　なんて大胆な！

あっ、紗菜さんの手が一ツ木さんの肩に！　と、思った瞬間、一ツ木さんは、ゴホゴホと咳《せ》き込《こ》み始めた。水にむせたらしい。

紗菜さんはびくりと体を震わせると、そっと後ずさり、こっちの方に足を向けた。

私は慌《あわ》てて柱の陰に顔を引っ込めた。

紗菜さんは、隠れている私に気づかず、前をすっと通り過ぎた。

紗菜さんの顔がちらりと見えたが、やっぱり、いつもと雰囲気が違う。見えたのは横顔だけだったけど、何か、目を一杯に見開いていたようだった。

知らないうちに息を止めていた私は、柱の陰で何度も深呼吸した。

私が今見たのはいったい何だったのだろう。

紗菜さんって、ずいぶんお淑《しと》やかで温和《おとな》しい女性だと思っていたんだけど、それとは違う一面を見たような気がした。

私は、もう一度、大きく息を吐くと、そっと柱の陰から顔を出した。紗菜さんも一ツ木さんもいなくなっていた。私は、まだドキドキしている胸を押さえながら推進室に向かった。

推進室に入ると、北室長と一ツ木さんが将棋を指していた。一ツ木さんは、「２三銀」とか言いながら、相も変わらず何か外国語の本を読んでいる。いつもと変わりのない二人の様子を見て、なんだか、少しほっとした。

「本倉町長との面接はどうでしたか」

北室長が将棋盤から顔を上げた。

「はい……。五円玉の絵を頂戴《ちょうだい》しました」

「本倉町長も役場の皆さんも、住民が増えたことを喜んでいるようですね」

一ツ木さんがふんと鼻を鳴らした。

「今、人口が増加しているのは、先代の町長の努力が実り始めた部分もあるが、本倉町長が後先考えずに南予町への移住を促《うなが》したせいだ。移住者がこのまま定着してくれるかどうかは判らない。しかも、これからは団塊《だんかい》の世代が退場したり、高度な医療や都会に住む子供の介護を受けるために南予町から出ていく」

「町おこしは、『教育と医療と仕事が基本』ですか」

私は、前の町長の口癖を言ってみた。

北室長が頷《うなず》いた。

「その通りだと思いますよ」

やっぱりそうなんだ……。でも、南予町に高校を作ったり、大病院を作るなんてとても無理。新しい仕事だって、そんなにすぐに生まれるわけじゃないし。

前途多難だなあ……。

一ツ木さんが、にやりと笑った。

「やりようはある。県東部にある旧別子山村《べっしやまむら》の廃校寸前だった中学校が、生徒数が少ないのを逆手にとって、手厚い指導を行なうことで進学校に生まれ変わろうとしている。一時、全校生徒数が一人にまで減少した中学に、三十人もの入学希望者が応募したそうだ。ともかく、南予町もできるところから少しずつやっていけばいい。それに、南予町存続ゲームは面白い。まあ、本倉町長の下では、結構面倒くさいけどね」

「一ツ木さん、五円玉の絵を喜んで受け取ったって、本倉町長が言ってましたけど?」

「ああ。本倉町長のパーソナリティは極めて興味深い。研究用の資料として本当にありがたかった」一ツ木さんは、本のページの間から、例の五円玉の描かれた紙を取り出した。きちんと小さなビニール袋に入れられている。「本の栞《しおり》にして大切にしようと思っている」

ああ、なるほどね。

「そう言えば、本倉町長が推進室に何かお願いしたとか言ってましたが」

「あれか」

一ツ木さんが思いっきり嫌な顔をした。

北室長も眉《まゆ》を寄せた。

一ツ木さんはともかく、北室長がこんな表情をするのは珍しい。

「どんなことなんですか」

はあ、と北室長がため息をついた。

「例の『クラインガルテン南予町』のことですよ」

「ああ、あの貸し農園のことですか」

前の町長の時に、耕作放棄地を南予町が借り受けて、町外の人向けの貸し農園を作った。一区画十坪を、年に一万円くらいで借りることができる。貸し農園の真ん中にはプレハブの休憩所を建て、契約者が電気、水道を使えるようにした。

五十区画ほどあるが、その半数以上はすでに宇和島、八幡浜だけでなく、遠く松山に住む人たちが家庭菜園として利用している。中には一世帯で五区画を借りた本格派もいる。もちろん利用者はサラリーマンとかなので、大型農機具は持っていない。そこで、希望があれば、耕耘機《こううんき》で耕す作業なんかは低価格で南予町の農家の人がやってくれている。

この施設は、最初、『南予町貸し農園』と名づけられたのだが、本倉町長が『クラインガルテン南予町』って、マンションかなにかみたいな名前に変えた。

名前を変えるくらいはいいのだけど、本倉町長は、かなり厳しかった利用規約を、「こんなんじゃ誰も借りない」と大幅に緩和《かんわ》した。『区画内に建造物を作らないこと』とか、『農薬を撒《ま》く場合は許可を取ること』とかの決まりは消えた。

残ったのは、『契約者世帯以外の利用は禁止。又貸しも不可』というのと、『動物を区画内に入れない』ってことぐらいだ。又貸しとかを許すと何か問題が起こったときに責任の所在が判らなくなるから前者が残ったのは当然としても、後者の条項を残したのは、長い間不思議だった。しかし、最近、その理由が判った。紗菜さんの話によると、本倉町長は、子供の頃、犬に咬《か》まれたことがあるらしい。どうやらそれがトラウマになって、動物に対しては距離を置いているとか……。

「まあ、大幅に条件を緩和したおかげで、多くの区画を貸し出すことはできたのですが、やっぱり問題が起こりました」北室長が頭《かぶり》を振った。「半年ほど前から、二人の男性が、貸し農園の区画内に小屋を建てて住み着いているのです」

「えっ。そうなんですか」

そんな話、うかつにも私は全然知らなかった。

「その人たちが悪さをしたというような話はないのですが、住民や、貸し農園の利用者の中には、気味が悪いという人もいて」

　一ツ木さんが唸《うな》った。

「彼らは、住民票を南予町に移していない。住民獲得戦争をやっているつもりの僕には、あまり面白くない存在だ」

　北室長も頷いた。

「せめて住民票を南予町に移してもらえれば、困った時には、町役場として助けの手をさしのべることができるのですがねえ」

「それで、本倉町長は何を求めているのですか」

「小屋の取り壊しです」

「でも、契約上は違反ではないのですよね。それだと難しいのではないですか」

「一度、総務課の職員がお願いに行ったのですが、拒否されたそうです。それで推進室に話が回ってきて……」

　ああ、そうなんだ。そうとう面倒なことになりそうだ。

「まあ、北さんに言われたから、一応、行ってみるけどね」

　一ツ木さんが「2五角《かく》。これで詰みです」と言いながら立ち上がった。

「私も行きます」

反射的に、私は、そう言ってしまった。

交渉ごとに一ツ木さん一人で行かせたら、どんな問題が起こるか判らないからだ。

貸し農園に着いた私たちは、駐車場に停《と》めた役場の車の中から、外の様子を窺《うかが》った。

「あの二つの小屋がそうですか」

「そう」

廃材かなにかで作られた小屋は、奥行きが二メートル、幅が一メートル弱くらいだ。それはともかく、高さが八十センチくらいしかない。中に入ったら、座るか寝そべるかしかできないだろう。しかも、どういう理由か、全体を真っ黒に塗ってある。小屋というよりも、ちょっと背の高い棺桶みたいに見えた。それが二つも並んでいるんだから、住民や貸し農園の利用者の中に気味悪がる人がいるのも判る。

その小屋の前で、初老のおじさんが折りたたみの椅子《いす》に座っている。

背が高そうで、髪もロマンスグレーだが、すごく痩《や》せている。

「あの人が、小早川正継《こばやかわまさつぐ》さんでしょうか」

「うん。貸し農園の契約書の名前ではそうなっていたね」

そう言うと、一ツ木さんは車を降りようとした。

「一ツ木さん、ちょっと、ちょっと。最初からそんなに嫌そうな顔していたら、相手の気分を害してしまいますよ」

一ツ木さんは眉を寄せた。

「住民票を移してくれないと、南予町の人口にカウントされない。それなのに、こんなところまで説得に来なくちゃいけなくなってる。嫌な顔もするさ」

「小早川さんとは私が話しますから、一ツ木さんは喋《しゃべ》らないで下さい」

「喋るのは面倒くさいから、それでいいよ。それに……」

まだぶつぶつ言っている一ツ木さんをおいて、私は、車から降りた。

一ツ木さんも、嫌々、私の後についてくる。

「こんにちは」

小早川さんの区画の前で、私は挨拶《あいさつ》をした。

「ああ。こんにちは」

貸し農園に住み着いたなんて聞いていたから、ホームレスみたいな人かと思ったが、ロマンスグレーの髪はきちんと整えられていた。服はさすがに洗いざらしのようだが、汚れもない。むしろ、一ツ木さんが着ているすり切れる寸前じゃないかというようなシャツより、よっぽどまともだ。

　私は、ちょっとほっとした。

「私、町役場の沢井結衣といいます。こちらは、同僚の一ツ木幸士です」

『町役場』と聞いた小早川さんは、微《かす》かに首を傾《かし》げた。

「町役場の人というと……。また、小屋の撤去の話かね」

「いえ」私は慌てて首を振った。「ちょっと、お話を伺《うかが》おうと思いまして」

「どんなことだろう」

　小早川さんは真っ直ぐに私を見つめた。

　私は、その目の鋭《するど》い光に、思わず一歩、後ずさった。

「あのう……何か困ったこととか、問題とかないかなって……」

「別に何もない。食事はちゃんと摂《と》っているし、体に悪いところはない」

「それは何よりです。でも、この農園でとれるものだけでは、食事には足りないでしょう」

　小早川さんは微かに笑った。

「まさか。それだけでは生きられないだろう。ここの住民から話を聞いていないのかな。私たちは、ここの漁師や農家の臨時の手伝いをして、僅《わず》かながらだが、収入を得ている。

県ごとに定められている最低時給と、少しばかりのお志《こころざし》だが」

「お志？」

「今朝は、漁港で漁具を洗うのを三時間ほど手伝い、二千円の現金と共に鰯《いわし》を三尾、いただいた。そうしたお志があるので一人二百円もあれば一日食いつなげる」

「時に、小早川さんは、こちらに来るまでに何をされていたのですか」

「友人の保証人になって、財産全部を失うまでは、結構大きな会社を経営していた」

私はびっくりした。

「社長さんだったのですか」

小早川さんは肩をすくめた。

「簡単に信じるのだね。ホームレスの男に経歴を聞けば、三割ほどは、こう答える。『社長だったが友人の保証人になって財産を失った』と。他の三割は、『大企業の管理職だったが、会社のリストラにあって、妻に離婚された』とか」

「そうなのですか」

「本当の経歴は、そう簡単には聞きだせないということだよ」

そう言われて、私は話の接《つ》ぎ穂《ほ》を失った。

「ああ、龍太郎《りゅうたろう》が戻ってきた」

小早川さんの視線の先に二十歳《はたち》くらいの男の人が見えた。手に何かを持っている。

「お客さん?」

近づいてきた男の人は、私たちをちらりと見た。

「いや、町役場の人だ。龍太郎の収穫は?」

「農家でトマトの収穫をちょっと手伝った。トマトを十個、貰《もら》った」龍太郎と呼ばれた男の人は袋からトマトを一個取り出すと、私に手渡した。「形は悪いけど、味は保証付きらしいよ」

私はありがたく頂戴した。

この人、葛西《かさい》龍太郎という名前で貸し農園の契約書に署名した人だ。普通の顔立ちだけど、ちょっと尖《とが》った八重歯《やえば》が特徴といえば特徴かな。

「あなたが、葛西さんですね。ありがとうございます」

葛西さんはポケットからくしゃくしゃになった千円札を二枚、小早川さんに渡しながら、「龍太郎でいい」と言った。

「じゃあ……龍太郎さん、ここに住んでいて何か問題とか、困ったことはないですか」

「別に」

そう言うと、龍太郎さんは、トマトの入った袋も小早川さんに渡し、小早川さんの区画の隣に建っている小屋に入っていった。

ふうん。あの小屋、引き戸みたいなものから出入りできるようになっているんだ。棺桶みたいに見えたけど、けっこうまともに作ってあるらしい。

「龍太郎は、あまり人とは話さないのでね。失礼した。しかし、二人が午前中働いただけで四千円の収入だ。これで、一週間、暮らせる。気楽な生活だろう。一年中、あくせく働く人の気がしれんな」

今まで私の後ろで黙って立っていた一ツ木さんが一歩前に出た。

「お二人は、南予町に住んでいるんですよね」

「そうだね。私が半年くらい前から、龍太郎はそのすぐ後に来た」

「ずっと住んでいるのなら、住民票を南予町に移してもらわないと」

小早川さんは首を振った。

「私たちの法律上の『生活の本拠』は別にある……とでも言っておこうか。それに、人にはいろいろと事情があるんだよ。お若いお二人には理解できないことかもしれないが」

「僕は、あと二日もすれば三十になりますが」

「私から見たら、十分若い。ともかく、私たちは、いつまた、この町から出るか判らない。だから、いちいち住民票とやらを移すつもりはない。判ったら、お引き取り願おうか」

ああ……とりつく島もない。

小屋の撤去なんて絶対に納得して貰えないだろう。契約でも小屋を建てるのは禁止されていないし。

私は、ため息をつくと「それじゃ、何か困ったことがあったら町役場の推進室にご相談下さい」と言って、頭を下げた。

車に向かいながら、私は、貸し農園を見渡した。

確かに、かなり不気味な小屋が二つ建っているが、利用者のいる区画はきちんと農作物が育っている。

「一ツ木さん。貸し農園の利用者は、まめに畑を世話しているようですね」

「大多数の日本人の先祖は農民だったからね。都会でサラリーマンをやっていても、何か惹《ひ》かれるものが血に流れているのだろう。それに、貸し農園に来られないときの世話は、さっきの二人がやっている場合もあるそうだ」

「そうなんですか」

「ああ。都会に住む利用者は、毎日、畑の見回りなんかできないからね。天気が良い日が続いた時の水やりや、突然発生した害虫の除去なんかを、二人が一部の利用者から格安で請《う》け負《お》っているらしい。でも、契約条件にあった『貸し農園内での営利事業の禁止』っていうのも本倉町長が外してしまったから、それを理由に退去させることはできない」

そうなんだ……。

私たちは一ツ木さんの運転する車に戻った。

「でも、一ツ木さん、よくそんなことを知ってましたね」

助手席に座った私は、キーを捻《ひね》った一ツ木さんに聞いた。

「何か行動するときは、事前に調べないと。それをやらずに以前失敗したことがある」

「へえ。一ツ木さんでも失敗するんですか」

「アメリカの大学に通っていた時だ。興味深いハッキング方法を思いついたので、大学当局の情報システムに侵入してみた。最初はちょっとした悪戯《いたずら》気分だったが、僕は、大学当局の不正の一端に辿《たど》りついてしまった。でも、そんな危険な情報、大学が無防備で置いているはずがない。僕は大学当局にあっさり特定された」

「それでどうなったのですか」

一ツ木さんは車を発進させた。

「警察に引き渡されそうになった。だが、その時、大学のあった街をたまたま視察に来ていた前の町長に救われた。町長は、僕が得たほんの一部の情報をはったりのネタにして大学当局と交渉してくれた。おかげで、僕は放校だけですんだ。ただ、その時の町長を見て、本物の大人は怖いと思い知ったよ。もっとも彼は当時、ただの町議だったけどね」

「貧乏な南予町で、町議会議員が海外視察なんてできたのですか」

「自腹に決まっているだろ。ともかく、町長は、その時『その気があったら、南予町に来て、私を手伝わないか』って言ってくれたんだ。僕は放校になってから、いろいろな所を見て回ったけど、ふと、町長の言葉を思い出して南予町に来た」

一ツ木さんがアメリカの大学を退学させられたって聞いたことがあるけど、そんなことがあったんだ。

「それで推進室に？」

「そう。北さんをトップに新設したばかりの推進室に配属になった」

過去の話が出たついでに、ずっと気になっていたことを聞くことにした。

「ちょっと前に、一ツ木さんと北さんは別のことを考えているって言ってましたよね」

一ツ木さんの目がすっと細くなった。

「いくら鈍《にぶ》い沢井さんだって、いいかげん気づいただろ。僕は、どんな手を使っても南予町に人を引っ張り込んで町をおこそうとしている。でも、北さんは違う。北さんは南予町が消えるのなら、それでもいいと思っている。ただ、その過程で南予町の人が直面する苦労や不安を少しでも少なくしよう……そう考えているだけだ。いや、もう一つ、消えるかもしれない南予町の記録を残す役割を果たそうともしている」

私は、北室長が、南予町の記録を書き留めていると言っていたことを思い出した。

「でも、消えてもいいって思っているなんて、信じられないです」

「一年以上前、僕たちが観光資源になるソメイヨシノの古木を見つけたのを覚えている？　北さんは、古木を傷《いた》めずに遊歩道を作る方法を見つけるって言ったけど、何か対策を考えているようなところはあった？　知り合いの植物医にソメイヨシノの古木ができる限り長く生きられるように世話をさせているだけだろう？　北室長は、ソメイヨシノの古木を観光資源にして人を呼び込もうなんて考えていない。ただ、南予町の人が遠目に山の桜を楽しめればいいと思っているだけだ」

そうかもしれない。そう考えれば、北室長がやってきたこと、言っていることのつじつまが合う。

「私……どうすればいいのでしょう」

運転している一ツ木さんは、ちらりと私の顔を見た。

「どうすればいいのか沢井さん自身が考えることだ。前町長も、推進室は作ったが、南予町の進路については最後まで迷っていたんだと思う。だから、名づけたのは、『町おこし推進室』でもなく、『幸福推進室』でもなく、ただの『推進室』だったんだ。そして、北室長の考える南予町でもなく、僕が作ろうとしている南予町でもない第三の可能性がないかと考えて、沢井さんを推進室に入れようとしたんだろうさ」

ええっ⁉

「そんなすごいこと、私にはできません！」

「できないだろうね。でも、できないのなら、これから僕がやることの邪魔はしないで欲しい」

一ツ木さんは冷たい声で言った。

私、別に今までも邪魔したことなんかないけど……。

視線を落とした私は、手にトマトを握っていることに気づいた。

そうだ。さっき、龍太郎さんから一つ貰ったんだった。

「……トマト、半分っこしましょうか」

「トマトは好きじゃない」

一ツ木さんは、また冷たい声で答えた。

家に戻ってきてから、夕食を摂る間も、お風呂に入っている時も、ずっと一ツ木さんが言っていたことを考えていた。

北室長みたいに、南予町が消えるならそれでもかまわないなんて割り切れない。昔から住んでいる人は南予町の変化がゆっくりなので気がつかないのかもしれないが、私は、松山から年に数回お祖母《ばあ》ちゃんの住む南予町に遊びにくるたびに、ああ、本屋さんがなくなった、食堂も、花屋さんも……ってすごく寂《さび》しかったんだ。それに、これからさらに住民が少なくなってあの素晴らしい神社のお神楽《かぐら》や、楽しい桜祭りも消えていくなんて悲しすぎる。

かといって、住民を増やすためならなんでもやる、それで他の自治体がどうなっても、住民獲得戦争に勝てばいいっていう一ツ木さんの考えにもついていけない。

でも、第三の可能性って何なのだろう。

私には判らない。やっぱり、北室長や一ツ木さんのアシスタントくらいしかできないような気がする。

ベッドに入った私はなかなか眠ることができず、夜半《やはん》過ぎまで、何度も寝返りを打った。

ふっと、何か、変な気持ちがしてベッドから起き上がった。

胸に手をやった。心臓がドキドキしている。

どうしたんだろ。

私は、胸に手を当てたまま、しばらくじっとしていたが、何かに惹かれるようにベッドから出ると、カーテンを引いた。

南予町の夜は、方々に照明が灯《とも》る松山と違って、本当に暗い。もうこの時間だと、みんな眠っているのだろう。

ふと、向かいの山の麓《ふもと》に赤い光が点滅しているのに気がついた。先々月、私が空き家の光を見て訪ねた集落へと続く道に、赤い光が入っていった。

あの光って……救急車？

あの集落で、誰かが怪我《けが》をしたか、病気になったんだ！

私は、慌てて窓を開けた。微かにだけど、サイレンの音が聞こえてくる。

集落には八軒の家があるが、その麓から四軒目にだけ灯《あか》りが灯っている。確かあそこは、一人暮らしの高齢者が住んでいる家……。

サイレンの音に起き出したのか、集落の他の家の灯りがつき始めた。やっぱり救急車の光は四軒目の前で停まった。サイレンの音も消える。

大丈夫かな……。

私は窓の枠を握って、集落の方を見つめた。

また、サイレンが鳴り始めた。救急車が戻っていく。

本当に大丈夫だといいけど……。

誰か、付き添いで救急車に同乗してくれたのだろうか。

しばらく救急車の警告灯を目で追ったが、私にできることは何もない。ベッドに戻り、いろいろなことを考えているうちに、いつの間にか、眠ってしまっていた。


朝、いつものように、私はスクーターで町役場に向かった。

ちょっと睡眠不足なので、外が眩《まぶ》しい。

途中、町営バスから、町議会議員の林さんが降りてくるのが見えた。

「おはようございます、林さん」

「ああ、推進室の沢井さん。おはようございます」

にっこり笑った林さんの目は赤かった。

どうしたんだろ。なんだか、ちょっと嫌な予感がした。

「あのう。昨晩、林さんの集落に救急車が行くのが見えたのですが。救急車が停まったのは高齢の方の一人住まいの家だったようでした。大丈夫だったのでしょうか」

「岡倉《おかくら》のお爺《じい》さんのことなら、大丈夫でしたよ」林さんはちょっと疲れたような笑みを浮かべた。「僕も深夜に救急車の音が聞こえたから、慌てて坂を下りたんです。ちょうど救急隊員が、倒れていた岡倉さんを救急車に乗せるところに出くわしました。岡倉さんは一人暮らしだったから、私が救急車に同乗したのですが」

「それで、どうなりました？」

「結構、厳しい状態で、八幡浜の病院では手に負えませんでした。結局、松山まで行くことになりました」

「林さんも松山まで？」

「はい。幸い、松山に息子さん一家がいたから、そこに連絡して、病院に来てもらいました。その人たちと交替で、私はＪＲの始発で戻ってきたのですよ」

それじゃ、林さん、ほとんど徹夜だったんだ。目が赤いのは寝不足のためか……。ちょっと安心した。

「本当に、お疲れ様でした」

「いや。手遅れにならなくて良かったです。でも、不思議なんですよ。あの家に同居する人はいません。私が行った時にも、倒れている岡倉さんと救急隊員しかいなかった。その時は慌てていて気づかなかったのですが、あとで変に思って、救急隊員に誰が一一九番に通報したのか調べてもらいました。救急車を呼んだ電話の声は、若い女性のものだったらしいです。一体、誰なんでしょう。携帯で家内に聞いたのですが、集落の中に通報した者はいないらしいです。それに集落の者なら、救急車が来るまで、あの家にいるでしょう。うちの集落に行く道はどん詰まりで、集落の者以外は通ることもないはずです」

林さんは首を傾げた。

「でも、命が助かってよかったです」

「それは何よりなのですが、きっと、岡倉さん……もう、退院しても南予町には戻れないでしょうね。これで、うちの集落には空き家が二軒です」

林さんは、ちょっと寂しそうに笑った。

ちょうど、林さんの奥様が車で迎えにこられたので、私は、もう一度「お疲れ様でした」と頭を下げて、スクーターを再発進させた。

お爺さんの命が助かってよかった。よかったけど……結局、重い病気に罹《かか》ったら、南予町ではどうしようもないんだ。この県にもドクターヘリを配備しようって計画があるらしいけど、それでも、松山と南予町では、はっきりした医療格差がある。前の町長がおっしゃっていたように、『地域が存続できる条件は教育と医療と仕事』なら、南予町は生き残れるのだろうか。それ以前に、住民にとって南予町に住み続けることは、幸福に繫《つな》がるのだろうか。

もうどうすればいいのか判らなくなった私は、スクーターを町役場の駐輪場に入れると、とぼとぼと役場の廊下を歩いた。

推進室に入ると、相も変わらず北室長と一ツ木さんは将棋をしていた。

「おはようございます」

「はい。おはようございます」

いつものように北室長は、にこやかに挨拶を返してくれた。

例によって一ツ木さんは私が入室したことなんか無視かと思ったけれど、今日は読んでいた本から目を上げた。

「今朝、富士見と会ったんだけどね。沢井さんによろしくってことだった」

「富士見さん？　あの社長さん？」

富士見京介さんは、一ツ木さんの学生時代の友人で、南予町に自分の会社のサテライト工房を作ってくれた人だ。

「ああ。あいつのところの旭川の工房で働いていた社員が、南予町に配属されたらしい」

「町役場に美人がいるなら、南予町の工房に移ってもいいって言ってた人ですね。本当に来ちゃったんだ」

「うん。南予町工房の社員が撮ったその女性の写真を見て即決したとさ。しかも、彼が引っ越した夜に、その美人とやらに会えたらしい。夜明け前に車を走らせていたら、すれ違ったとのことだ。慌てて車を停めたが見失ったって。見たのは一瞬でも、これは幸先《さいさき》がいいって喜んでいたそうだ。しかし、町役場の美人って誰だろう」

あのねえ……。

紗菜さんに決まっているでしょ。

それにしても、夜明け前って……紗菜さん、そんな時間に何してたんだろ。

紗菜さんってまじめな人で、夜明け前どころか町役場の忘年会でも、夜八時になったら

「こんなに遅くなってしまいました」って帰っちゃう人だよ。

「富士見さんのところの社員の方が旭川から移ってきたのはいつのことですか」

私は一ツ木さんに聞いた。

「一昨日かな」

突然、ひらめいた。

昨日の晩、林さんの集落で一一九番通報をしたのは、きっと紗菜さんだ。夜、山道を歩いていて、点《つ》けっぱなしになっている灯りを不審に思って中に入り、倒れているお爺さんを見つけたんだ。

ただ、どうしてあんな時間に？　二晩も続けて夜の南予町を歩き回るなんて……。

それに、紗菜さん、今までは「一ツ木さんの様子はどう?」って毎日のように私に聞いてきたのに、そんなこともなくなった。

ウォータークーラーで水を飲んでいた一ツ木さんの背後にひっそりと近づいていったり、紗菜さんの様子が変だ。

まるで……。

変な考えが浮かびそうになり、私は頭を振った。

結局、それから紗菜さんのことが気になって仕事が手につかず、たいして仕事をすすめられないまま終業時間になってしまった。

私は、ロッカーからスクーターのヘルメットを取り出すと、役場の外に出た。

あ……。紗菜さんが歩いている。

普段、モデルみたいに姿勢良く歩いているのだが、目の前の紗菜さんは少し背を丸めている。しかも、役場の塀《へい》に身を寄せるようにして歩いている。

どうしたのかな……。

塀の端から交差点の前まで来た時、今まで影を歩いていた紗菜さんに、夕日の光が差した。紗菜さんは、太陽の光からさっと顔を背《そむ》けると、足早に横断歩道を渡っていった。

私は、立ち去る紗菜さんの後ろ姿をぼんやりと見つめた。

紗菜さん……。本当にどうしちゃったのだろう。


この二日、いろいろなことを思い悩んで、なかなか眠れない。

翌朝、私は寝不足のまま、推進室に入った。

北室長と一ツ木さんが、何か深刻そうな表情で話し合っている。

「おはようございます。どうかしたのですか」

「沢井さん、おはようございます」北室長がため息をついた。「実は、今朝、本倉町長に呼ばれました。例の貸し農園の二人に対して早急に立《た》ち退《の》かせるか、『区画内に建物を作らない』という新しい条件で契約し直させるか、どちらかを選ばせるようにという指示がありまして」

一ツ木さんが頭を振った。

「次の契約更新時なら少しは可能性があるけど、今は本倉町長が緩和した条件で契約しているから、かなり難しい」

「それは、困りましたね」

「本当に面倒くさいことになった」

私は、自分の席に着こうとして、なんだか、急に目眩《めまい》がしたような気分になった。

「あっ、そうか……。今、私、判ったような気がする……」

「何が判ったのですか」

北室長が私に顔を向けた。

「あの貸し農園に建っている二つの小屋に住んでいるのは、小早川さんと葛西さんだけじゃないです。もう一人います」

「三人が住んでいるって？」

一ツ木さんが首を捻った。

「一ツ木さん、思い出して下さい。会った時、小早川さんは、漁港の手伝いで鰯を三尾貰ったって言ってましたよね。それから、葛西さん、農家の手伝いで貰ったトマト十個から、躊躇《ちゅうちょ》なく一個を私にくれました」

「トマトは残り九個か」

「そうです。どっちも二人で分ける数じゃありません」

一ツ木さんは感心したように頷いた。

「なるほど……。三人なら、どっちも等分に分けられる。トマトを僕と沢井さんに一つずつ渡さなかったのはそういうことか。大型の雑食性の動物を飼っているということもないではないが、もしそうなら鳴き声や臭いでとっくに気づかれている」

「それに、小早川さんは言ってましたよね。お志があれば、一日二百円で生きていける。今、四千円あるから一週間は暮らせるって」

「二百円×七日×……三人か……。確かに三人いるという可能性はあるな。僕には、人と物を分け合うなんて発想は全然ないから気がつかなかった」

ううっ……。やっぱり碌《ろく》な人じゃないよ、この人。

「小屋からあまり外に出ない人が、もう一人いるのかもしれません」

一ツ木さんはニヤリと笑った。

「しめた。今の利用規約でも、『又貸しの禁止と、契約世帯以外の使用の禁止』は入っている。これの違反を盾《たて》に、二人……もしくは三人を貸し農園から退去させることができるかもしれない。北さん、僕、ちょっと貸し農園に行ってきます」

一ツ木さんが推進室から出ていこうとした。

「私も行きます」

私は慌てて、一ツ木さんの後を追った。

廊下に出た一ツ木さんは、「どうして沢井さんも?」と聞いてきた。

「本当に三人目がいるのか、いたとしてどんな人なのか、なぜ姿を現わさないのか、まだ全然判ってませんから」

「ついてくるのはいいけど、この前言ったように、僕の邪魔はするなよ」

「別に一ツ木さんの足を引っ張るつもりはないです。でも、ここで一ツ木さんにまかせる気にはなれないだけです」

「そう?」

一ツ木さんは、ちょっとびっくりしたような顔をした。

一ツ木さんが出した役場の車の助手席に座った私は、貸し農園に行く途中、ずっと周りを見ていた。

日本なら、どこにでもあるような風景が流れている。

南予町は、愛媛県全体の地図で見てもたいした大きさじゃない。日本全図ともなると指先で隠れるくらいだ。人口は、最近ちょっと持ち直したけど、高校も大型の病院も大きな企業もない。

でも、推進室に移ってからの一年ちょっとの間、南予町にもいろいろな人の人生があって、いろいろな歴史があって、いろいろな不思議があることが判った。きっと、日本中、どんな町もそうなのだろう。

車窓《しゃそう》ごしに、顔見知りの小母《おば》さんの姿が見えた。小母さん、これから農作業に行くのだろうか。すれ違いざま、助手席に座った私は頭を下げた。

小母さんは私に気がつかなかったようだ。

続いて、車はベビーカーを押した女性を追い抜いた。

知らない女性だったけど、ベビーカーの中の赤ちゃんの顔、見たかったな。

南予町に住む人、みんな、元気で楽しく過ごせればいいな。

そんなことを考えているうちに、車は貸し農園の駐車場に入った。

ちょうど、小早川さんはどこかから帰ってきたばかりのようだ。手にレジ袋のようなものを提《さ》げている。

「こんにちは。今日はお一人ですか」

「ああ。龍太郎は町立図書館に行って勉強している」小早川さんが私の顔を見つめた。

「小屋の撤去とかの話ならご遠慮したいが」

一ツ木さんがずいと前に出た。

「強制的に退去させられるよりましだと思うけど」

「どういうことだろう。追い出されるいわれはないが」

一ツ木さんがニヤリと笑った。

「いや。あなたたちは、既《すで》に契約違反をしている」

「どんな違反をしているというのだろう」

小早川さんは感情の表われない目で、一ツ木さんを見返した。

「小早川さんか、葛西君のうちのどちらかが……別の人をそこの小屋に住まわせているでしょう」

「どうしてそんなことを?」

「それじゃ、小屋を開けて確かめてみましょうか」

その言葉に、小早川さんは、はっきりと動揺した表情を見せた。

私は、それを見て、やっぱり、もう一人の人が住んでいるんだと判った。

はったりに成功した一ツ木さんは、また一歩、小早川さんに近づいた。

私は慌てて、二人の間に入った。

「一ツ木さん、ちょっと待って下さい。そんなにけんか腰にならないで」

一ツ木さんは、むっとした声で、「沢井さん、さっき言ったとおり……」と文句を言った。

「判ってます。でも、誰が住んでいるのか、なぜ住むことになったのか、ちゃんと小早川さんから聞かないと」

小早川さんが怪訝《けげん》な顔で私を見た。

「それを言って、どうなるというのだね」

「何とか、みんなが幸福になる解決方法を見つけられるかもしれません」

しばらく小早川さんは、何かを考えている様子だったが、ぽつりぽつりと話し始めた。

「あそこに……」小早川さんは顎《あご》で小屋の一つを示した。「あそこに今いるのは、祥子《しようこ》という名前の二十五歳くらいになる女性だ。最初、この貸し農園に住み始めたのは私だが、そこに何度も受験に失敗して家を出た龍太郎が加わった。そして、二ヶ月ほど前になるかな、ある晩、祥子ちゃん……名字は知らない……祥子ちゃんがふらりと現われた。酷《ひど》いかっこうでな。心にも深い傷を負っていたようだ。最初は全く口を開かなかったが、一緒に暮らすうちに少しずつ喋るようになった」

「心に傷を負っているなら医療機関にまかせるべきだ」

一ツ木さんがきつい口調で言った。

「病院にはずっと行っていたらしいが、良くはならなかったそうだ……。でも、私たちと暮らすようになって、少しずつ良くなってきている。ただ、祥子ちゃんは、私たち以外の人に会いたがらない。だから、昼間はずっと私か龍太郎の小屋で眠り、夜になると、私たちと入れ替わりに外に出て歩いている。雨の日なんかは、私と龍太郎が一つの小屋に、もう一方を祥子ちゃんに使わせているが」

一ツ木さんが眉をひそめた。

「そんな暮らしを、三人でずっと続けていくつもりか」

小早川さんは首を振った。

「いや。龍太郎は、ここで暮らすうちに立ち直りつつある。また、大学入試に挑戦する気持ちが出てきた。それで、最近は町立図書館で勉強するようになった。できれば、龍太郎が大学に入るまで……祥子ちゃんが少なくとも私たち以外の人にも姿を見せられるようになるまで、ここにいたかったのだがな」

その時、私に、はっとひらめくものがあった。

「あの。岡倉さんが倒れた時に、一一九番通報したのは、ひょっとして祥子さんじゃないですか」

「岡倉?」小早川さんは首を傾げた。「ああ、あの山の集落に住んでいた爺さんか。そうだよ。あとで、祥子ちゃんから聞いた。祥子ちゃんは、人に姿を見られたくないので、夜、暗くなってから山道などを歩いているのだが、その晩も山道を歩いていたら、煌々《こうこう》と灯りを点けっぱなしにした家があった。よく麓からその集落の灯りを見上げていたから、今はとっくに寝ているはずなのにと疑問を持ったそうだ。それで、どうしたのだろうと、そっと窓から覗《のぞ》いたら、老人が倒れていたと。慌てて中に入って、その家の電話から消防署に連絡した」

一ツ木さんが唸《うな》った。

「この前、沢井さんが空き家の灯りを見つけたのとは逆だな。人のいないはずの家で点いた灯りは危険だが、人のいる家で消えない灯りも危険というわけか」

「祥子ちゃんは夜の南予町のことはよく知っている。この町が好きだから、夜中、ずっと歩いていたんだ」

その言葉に、私は目を瞑《つむ》り、ゆっくりと息を吸った。

「事情は判りました。……私、三人が、この貸し農園で暮らせるようにします」

一ツ木さんが驚いたような声を上げた。

「何を言っているんだ？　小屋を撤去しろって本倉町長の指示だぞ」

私は目を開けた。

「私が、必ず、住み続けられるようにします。岡倉さんを助けたのは祥子さんです。南予町の住民を助けた人を追い出すことなんかできません。それに、小早川さんも龍太郎さんも、祥子さんも、この町が、この貸し農園が好きで住んでいる人なんだから、住民票があるかないかなんて関係ありません。私がずっと住めるようにします」

「どうやって？」

小早川さんが半信半疑というような目で私を見た。

私は必死に考えた。

「三人を貸し農園の臨時管理人にしてもらうとか、少なくとも今までに契約した利用者には小早川さんの小屋のサイズを上限に一時的な休息所を建てるのを認めるとか」

一ツ木さんが呆《あき》れたように肩をすくめた。

「一町役場職員のできることじゃない」

「そんなことは判ってます。祥子さんが助けた岡倉さんは、町議会議員の林さんの集落の人です。林さんにこの話をして、若手の町議会議員を動かしてもらいます。この前の雛人《ひなにん》形《ぎょう》の一件から、林さんは、町議会主流派のボスの山崎さんとも仲直りしています。山崎さんも林さんの口添えがあれば、説得できます」

「でも、本倉町長が……」

一ツ木さんの言葉に、私は首を振った。

「あの人、やっていることは変ですけど、人は良いと思ってます。話せば分かって下さると思います」

「じゃあ、町議会のことは?」

私はにっこりと笑った。

「町議会からの圧力は、私の説得が失敗した時の保険です」

「僕は、そんな面倒臭いことを手伝うつもりはないよ」一ツ木さんは、やれやれと頭を振った。「反対もしないことにするが……」

私は、小早川さんに微笑《ほほえ》みかけた。

「そういうことです」

「そうしてもらえるなら、こんなに嬉しいことはないが」

私は、その時になって、小早川さんの足下にあるレジ袋の中身に気がついた。ペンキの缶が入っている。

「ペンキで何かするのですか」

「ああ……。今朝早く、工務店の手伝いをして、お志に貰った。これで小屋を塗り替えられる。寒い間は、太陽の熱を吸収しやすいように黒くしていたが、そろそろ暑い季節になる。白く塗れば強い日光を反射させられる」

「私も、白い方が素敵だと思います。塗り終えたら見せて下さい。それでは……」

そう言うと私は、踵《きびす》を返して駐車場の車に向かって歩き始めた。

一ツ木さんが後からついてきた。さっきから、何か考えごとをしているようだ。

「一ツ木さん、何か問題点でも？」

「いや……。前の町長、人を見る目はあったようだって再認識していた。沢井さんは、北さんが思うような、もしくは僕が作ろうとしている南予町とは別のものをこれから目指していくのだろうが」

私は肩を落とした。

「私は一ツ木さんにそのことを言われてから、ずっと考えているのですけど、本当言って、全然、思いつきません」

「そう簡単に思いつかれてたまるか」一ツ木さんは苦笑いした。「もっとも、沢井さんが何を思いついたにしても、僕は自分の考えを改める気はないし、北さんもそうだろう」

「それでいいのではないですか。だから、『推進室』もただの『推進室』のまま」

「それにしても、祥子さんという人に会えなかったのは残念だ」

「近いうちに、きっと会えますよ。富士見さんのところの社員が夜中に見たのは、祥子さんです。すれ違ったのは一瞬だけど、紗菜さんと見間違えられたなんて、きっとすごい美人なんでしょうね」

振り返った私の目は、一ツ木さんのシャツにとまった。

さっきまで、いろいろ思い悩んでいたから気がつかなかったけど、一ツ木さん、すごく素敵なシャツを着ている。

「ああ、これね。今朝、町役場の入口で三崎さんに渡されたんで、さっそく着てみた。今日は、僕の誕生日だから」

誕生日？　そう言えば、一ツ木さん、そんなこと言ってたな。

私は、紗菜さんから贈られたというシャツに顔を寄せた。

これ、手縫《てぬ》いのシャツだよ。

ああ……。そういうことだったんだ……。

ウォータークーラーで水を飲んでいた一ツ木さんの後ろからこっそり近づいて、上げた両手を肩に寄せたのって、紗菜さん、一ツ木さんの肩幅をこっそり測っていたんだ。

そして、夜なべして一ツ木さんに贈るシャツを縫っていた。紗菜さん……日の光から顔を背けたわけだわ……私も寝不足の時に朝日が眩しかったもの。

はあ……。なんてありがちな展開。普通の女の子だったら、真っ先に思いつくはずじゃない。

一年以上も、狸《たぬき》みたいなおじさんと、変人のお兄さんしかいない推進室で過ごしているうちに、私、すっかり女の子としての勘を鈍らせていたんだ。それを、あれこれ変な想像なんかしちゃって……。

私の顔、今、恥ずかしさで赤くなってると思う。

「似合うかな。三崎さん、僕のためにこのシャツを一所懸命《いっしょけんめい》に作ってくれたと思うんだけど」

一ツ木さんが照れたような笑みを浮かべた。

私、こんな顔をした一ツ木さん、初めて見た。

北室長はいいとして、変人で狭量で傍若無人で面倒くさがりの上に、のろけ話までしはじめた一ツ木さんと、これからもずっと推進室で一緒なんだとうんざりした私は、大きなため息を一つつき、「まあ、いいんじゃないですか」とおざなりに答えておいた。

## 初出

見えない古道　小説ＮＯＮ　平成二十七年八月号
雨中の自転車乗り　書下ろし
巫女《みこ》が、四人　小説ＮＯＮ　平成二十七年十月号
至る道　小説ＮＯＮ　平成二十七年十二月号
南の雪女　小説ＮＯＮ　平成二十八年二月号
空き家の灯《あか》り　小説ＮＯＮ　平成二十八年四月号
夜、歩く者　小説ＮＯＮ　平成二十八年六月号

本作品はフィクションです。実在の個人・団体などとはいっさい関係ありません。

切り取り線

# 一〇〇字書評

崖っぷち町役場

**購買動機**（新聞、雑誌名を記入するか、あるいは○をつけてください）

| | |
|---|---|
| □（　　　　　　　　）の広告を見て | |
| □（　　　　　　　　）の書評を見て | |
| □ 知人のすすめで | □ タイトルに惹かれて |
| □ カバーが良かったから | □ 内容が面白そうだから |
| □ 好きな作家だから | □ 好きな分野の本だから |

・最近、最も感銘を受けた作品名をお書き下さい

・あなたのお好きな作家名をお書き下さい

・その他、ご要望がありましたらお書き下さい

| | | | | | |
|---|---|---|---|---|---|
| 住所 | 〒 | | | | |
| 氏名 | | 職業 | | 年齢 | |
| Eメール | ※携帯には配信できません | 新刊情報等のメール配信を 希望する・しない | | | |

この本の感想を、編集部までお寄せいただけたらありがたく存じます。今後の企画の参考にさせていただきます。Eメールでも結構です。

いただいた「一〇〇字書評」は、新聞・雑誌等に紹介させていただくことがあります。その場合はお礼として特製図書カードを差し上げます。

前ページの原稿用紙に書評をお書きの上、切り取り、左記までお送り下さい。宛先の住所は不要です。

なお、ご記入いただいたお名前、ご住所等は、書評紹介の事前了解、謝礼のお届けのためだけに利用し、そのほかの目的のために利用することはありません。

〒一〇一-八七〇一
祥伝社文庫編集長　坂口芳和
電話　〇三（三二六五）二〇八〇

祥伝社ホームページの「ブックレビュー」からも、書き込めます。
http://www.shodensha.co.jp/bookreview/

祥伝社文庫


崖《がけ》っぷち町役場《まちやくば》

平成28年11月20日　初版第1刷発行

著　者　川崎草志《かわさきそうし》

発行者　辻　浩明

発行所　祥伝社《しょうでんしゃ》



東京都千代田区神田神保町3-3
〒101-8701
電話　03（3265）2081（販売部）
電話　03（3265）2080（編集部）
電話　03（3265）3622（業務部）
http://www.shodensha.co.jp/



印刷所　萩原印刷

製本所　ナショナル製本





Printed in Japan ©2016, Soushi Kawasaki ISBN978-4-396-34260-9 C0193

# 〈祥伝社文庫　今月の新刊〉

川崎草志
## 崖っぷち町役場
観光資源の開拓、新旧住民のトラブル、高齢者の徘徊……わが町の難問、引き受けます！

一田和樹
## サイバー戦争の犬たち
朝起きたら、世界中が敵になっていた――軍需企業の容赦ないサイバー攻撃が殺到する！

宇佐美まこと
## 愚者の毒
葉子と希美、後ろ暗い過去を抱える二人を襲う惨劇……絶望を突きつける衝撃のミステリ。

辻堂　魁
## 天地の螢《ほたる》　日暮し同心始末帖
連続殺しの背後に見え隠れする人斬りと夜鷹の正体とは？　龍平を最大の危機が襲った！

有馬美季子
## 縄のれん福寿　細腕お園美味草紙
「なんと温かで、心に美味しい物語であることか」大矢博子氏。美人女将の人情料理譚。

黒崎裕一郎
## 公事宿始末人　千坂唐十郎
お白洲では裁けぬ悪事や晴らせぬ怨みを、直心影流の剣客がぶった斬る！　痛快時代小説。

佐伯泰英
## 完本　密命　巻之十七　初心　闇参籠《やみさんろう》
清之助が越前にて到達した新たな境地とは……。父の背を追い、息子は若狭路を行く。